KB088691

어느 노동자의 모험

어느 노동자의 모험

● 프롤레타리아 장르 단편선

● 배명은 ● 은림 ● 이서영 ● 구슬 ● 전효원

구픽

목차

삼도천 뱃사공 파업 연대기

배명은

호러를 무서워하지만 쓰는 건 좋아하는 작가. 괴력난신을 좋아하며 주로 토속 호러를 쓴다. 괴이학회 창립멤버이자 매드클럽 멤버. 다수의 앤솔러지 참여. 단독작으로는 『울타리』, 『폭풍의 집』과 장편소설 『수상한 한의원』이 있다.

0

지평선 너머로 해가 지고 있었다. 항만과 공장들은 사그라지는 붉은 노을빛에 잠식당했다. 공장에서 기계가 돌아가지 않은 지 몇 주째였다. 그 사이사이 절박한 함성과 비장한 노랫소리가 적막을 메웠으나 오늘은 달랐다. 사람들의 고함과 비명이 공장에 울려 퍼졌다. 쇠와 쇠가 맞부딪히는 소리, 무언가가 깨부수어지는 소리.

최태수는 그 소리로부터 도망치고 있었다.

땀이 시야를 가렸다. 뒤에서 그를 따라오는 발소리가 날카롭게 그를 찔러댔다. 숨이 턱 끝까지 차오르고 어디로 가야 할지 몰라 무작정 널따란 공장을, 중장비가 가득한 길을 가로질렀다.

근로자의 안전을 보장하라!

하청 노동자 임금 인상하라!

합의 없으면 투쟁 투쟁 투쟁!

그가 지나치는 곳곳에 내건 플래카드가 시린 겨울바람에 나부꼈다. 공장과 공장 사이를 겨우 벗어나자 검은 파도가 넘실거리는 바다가 그를 가로막았다. 까마득히 하늘로 치솟은 거대한 크레인들을 올려보다가 그 자리에서 멈췄다. 더는 도망칠 곳이 없었다.

최태수는 뒤를 돌아봤다. 하얀 입김이 흩어지는 시야 너머로 검은 인영(人影)들이 보였다. 한기를 막아 주지 못하는 회사 점퍼의 가슴팍을 붙들었다. 얄팍한 지갑 속에 있는 가족 사진을 더듬듯이.

몇 번의 실랑이와 욕설이 난무했다. 그리고 누군가의 밀침에 최태수는 균형을 잃었다. 어어 하는 사이에 뒤로 나자빠졌다. 몸이 땅바닥이 아닌 방조제를 넘었다. 허공을 낙하하는 그 찰나에 소름이 끼쳤다.

풍덩.

뼈를 에는 바닷물이 최태수의 나약한 몸을 덥석 삼켰다. 깊은 어둠이 공존하는 바닷속으로 속절없이 빨려 들어갔다. 허우적거리던 최태수는 저 위에서 그를 가만히 내려다보는 검은 인영을 향해 손을 뻗었다.

1

삼도천은 죽은 지 이레째 되는 망자들이 도달하는 곳이
었다. 황사로 사방이 누런 곳에 이르면 제일 먼저 입구에
선 위령수를 볼 수 있었다.

둘레만 해도 장정 서넛이 팔을 벌려야 안을 수 있을 만
한 나무는 푸른 이파리 대신 수많은 옷가지로 뒤덮여 바
람에 펄럭였다. 망자들이 그 나무에서 시선을 떼지 못하
고 그 앞으로 다가갔다.

그곳에서 탈의파 할멈과 현의옹 할아범이 이들을 맞이
하였다.

"여자는 이쪽에서 남자는 저쪽에서 옷을 갈아입으시면
되오."

탈의파 할멈의 말에 망자들은 벽돌로 지어진 건물로 들
어갔다. 문과 가림막을 지나면 목욕탕의 탈의실처럼 선반
들이 가득했는데 망자들은 그 앞에 서서 입고 온 옷을 준
비된 무명 수의(壽衣)로 갈아입었다.

수의를 입은 망자들이 나오면 현의옹 할아범이 위령수
에 그들의 옷을 하나씩 걸었다. 옷의 무게에 따라 생전의
죄가 결정지어졌다. 나무에 걸린 옷이 꼭대기로 솟아오르
면 유교도행, 중간 정도 가면 산수뢰행, 밑이면 강심연행.

호명된 망자들은 각각의 깃발 앞에 줄을 서서 세 갈래의 길로 나뉘어 나아갔다.

삼도천에서 상류인 산수뢰는 죄를 지었으되 많이는 아닌, 망자들이 가는 곳이었다. 잔잔한 여울을 이레 동안 걸어서 건너는 곳으로써 제대로 쉬지도 못하고 끊임없이 걸어야 하는 고행의 길이었다.

반면 중류인 유교도행으로 가는 망자는 선인들로 손에 꼽힐 정도였다. 그들은 보화가 뒤덮인 다리를 힘들이지 않고 삼도천을 구경하며 건널 수 있었다.

그리고 죄가 가장 많은 망자가 향하는 강심연. 그곳은 거친 급류가 일고 수심이 깊은 하류의 나루터였다. 나룻배에 선 뱃사공은 무심한 눈길로 줄 선 망자들을 배에 태웠다. 저 멀리 삼도천을 건너고 있는 배는 금방이라도 사나운 물살에 휩쓸릴 것처럼 위태롭게 흔들리고 있었다.

산수뢰의 팀장 송윤은 저녁 6시에 부하들에게 남은 일들을 넘기고 집으로 왔다. 삼도천 근처 마을엔 저승인을 위한 숙소가 준비되어 있었는데, 그중에서 멀리 삼도천이 내다보이는 고급스러운 방이 송윤의 방이었다.

송윤은 입고 있던 산수뢰 유니폼인 푸른색 개량 한복을 벗었다. 각을 잡아 옷걸이에 걸고 런닝과 속옷 차림으로 냉장고 문을 열었다. 비싼 돈을 들여 귀신 시장에서 공수해 온 시원한 맥주캔을 하나 집어 들었다.

그는 창문 밖으로 노을이 스러지는 삼도천 너머를 봤다. 저승의 붉은 빛을 닮은 하늘은 곧 어두워질 참이었다. 창문을 열자 불어오는 미풍에 몇 가닥 남지 않은 머리카락이 날렸다. 통통한 손가락에 침을 묻혀 소중한 머리카락을 정리하고 맥주를 벌컥벌컥 들이켰다. 꺼윽, 가슴께에 차오른 탄산을 길게 뱉어냈다. 황천의 황사로 칼칼한 목구멍이 조금은 부드러워진 것 같았다.

시간이 얼마나 흘렀을까. 손가락으로 나무 창틀을 탁탁 두드리던 송윤은 자리에서 일어났다. 느긋하게 장롱에서 검은 운동복을 꺼내 입고 집을 나섰다. 두 손을 바지 주머니에 집어넣었다. 발걸음이 가벼웠고 입에서는 휘파람이 흘러나왔다.

별도 뜨지 않는 삼도천의 밤거리는 적막했다. 나지막한 집들을 지나 삼도천 하류로 향하는 길목에서 송윤은 주위를 훑어봤다. 물소리만이 유일한 소음이었다.

혹시나 누군가의 눈에 띌까 봐 바람에 흐느적거리는 갈대밭으로 들어섰다. 빽빽이 들어찬 갈대를 헤치며 한참을 내려가자 저 멀리 강심연의 나루터가 보였다. 삼도천을 건널 나룻배를 기다리는 망자들이 곳곳에 피워 놓은 모닥

불 앞에서 꾸벅꾸벅 졸고 있었다. 원래 죽으면 추운 것도, 졸린 것도 느끼지 못했다. 저들은 그냥 생전에 하던 습관대로 행동하고 있었을 뿐이었다. 송윤은 그들 틈에서 목표인 남자를 발견했다.

다섯 시간 전.

송윤은 잠시 짬을 내어 탈의과 할멈의 눈이 닿지 않는 남자 탈의실로 숨어들었다. 탈의실이라고 해봤자 개별까지는 아니고, 널따란 곳에서 한데 모여 옷을 갈아입는 구조였다. 그는 옷을 벗는 망자 중 묵직한 주머니를 선반에 올려 두는 남자를 눈여겨봤다. 그리고 조심스레 그 옆으로 갔다. 송윤은 옷을 갈아입는데 열중한 망자들을 흘끗 보고선 조용히 남자에게 말을 걸었다.

"관상학적으로 보아하니 생전에 지으신 죄가 많나 봅니다?"

"뭐요?"

남자가 갑자기 시비를 거는 송윤을 노려봤다.

"쉬잇! 누가 듣습니다."

송윤은 그 입을 막으며 주위를 둘러봤다. 망자가 그 손아귀에서 빠져나오기 전에 입을 열었다. 낮으나 귀에 콕콕 박히는 목소리로.

"살아생전에 엘리트 코스만을 밟으셨지요? 명품 옷에 반지르르한 외모와 풍채! 남다른 기운이 느껴져서 제가 말을 거는 것이니 오해하지 않으셨으면 합니다. 저는 저승의 안내자로 이게 다 선생님을 좋은 길로 인도하기 위해서니까요. 어찌 제 말을 계속 들으실 요량이 있으시다면 고개를 끄덕여 주십시오."

남자의 눈동자가 좌에서 우로 데구루루 구르더니 이내 고개를 끄덕였다. 송윤도 그를 따라 고개를 끄덕였다.

"이곳 삼도천에는 저승으로 가는 세 가지의 길이 있습니다. 그것은 즉 선생님이 생전에 쌓은 죄로 판가름 나게 됩니다. 지은 죄가 별로 없다, 적절하게 있다, 아주 많다로 갈 길이 정해져 있단 말입니다. 제 말이 어떤 의미인지 엘리트 코스를 밟으신 선생님은 아주 자알 아실 겁니다. 이제 가슴에 손을 올려놓으시고 제가 묻는 선택 사항에 고개만 끄덕이시면 됩니다. 나는 지은 죄가 별로 없다. 응? 고개를 끄떡이시는 건가요? 지금? 하아, 선생님. 이 순간만큼은 진심으로 진실되어야 제가 선생님을 도와드릴 수 있다는 점을 잘 기억하시고요. 시간이 없습니다. 마지막으로 다시 한번 묻겠습니다. 나는 선인? 중간은 간다? 악인?"

이렇게 송윤이 말을 하면 망인들은 대개 자신을 악인으

로 평가했다. 저승은 감춘다고 감춰지는 곳이 아님을 본능으로 알고 있기 때문이었다. 그리고 그들은 송윤이 무얼 제안할지도 아주 잘 알았다.

현재.

푸드득, 갈대밭에서 새가 날아올랐다. 다음 배가 나루터에 오길 기다리던 뱃사공이 소리가 난 쪽을 돌아봤다. 그는 자리에서 일어나 모닥불 앞에서 옹송그린 망자들 틈바구니에 끼어 자고 있던 한 남자를 조심히 깨웠다. 남자가 눈을 뜨자 손가락을 입술에 갖다 댔다.

그들은 다른 이들이 눈치채지 못하게 자리에서 일어났다. 그리고 발소리를 죽이며 갈대밭으로 들어갔다. 옷자락에 치대는 갈대 소리가 거슬렸다. 숨을 죽이고 얼마를 가자 지척에서 기다리고 있던 송윤과 만날 수 있었다.

"왔는가!"

"팀장님."

"어흠, 어흠, 목소리가 크네!"

뱃사공이 자신의 직함을 부르자 당황한 송윤은 헛기침을 했다. 지금 하는 일이 몰래 하는 일인 만큼 신분을 들켜서 좋을 게 없다고 누차 이야기를 해도 뇌까지 순해 빠진 경수는 매번 이런 식이었다. 이러다 누군가한테 말실

수라도 하지 않을까 걱정이 컸지만, 강심연에서 꿈과 희망을 가진 이는 경수가 유일했기에 송윤에겐 다른 대안이 없었다.

"죄송합니다."

"그럼 다음에 보자고. 선생님, 이쪽으로 오시지요."

"저어…."

송윤이 돌아서자 경수가 급히 그의 옷을 붙잡았다.

"왜?"

"저는 산수뢰에 언제 데려가 주실 겁니까?"

"어?"

"끊임없이 강심연으로 밀려드는 망자들로 인해 이미 며칠째 철야 작업 중입니다."

"그만큼 노잣돈을 월급으로 받지 않는가?"

"저승에서 가져가는 돈이 8할입니다. 수귀들이 부서뜨리는 나룻배 고치는 비용도 만만치 않고요. 그나마도 쉴 틈 없이 이어지는 철야에 배를 고칠 시간도 없고, 이러다가 급류에 휩쓸려 파선될까 봐 걱정입니다. 이 일 시작한 뒤로 저는 팀장, 아니, 산수뢰에 꼭 데려가 주신다는 약속을 잊지 않고 있습니다."

일이 힘드니 빨리 승진시켜 달라는 협박을 길게도 말한다고 송윤은 생각했다. 다른 강심연의 뱃사공들은 그저 저승이 시키는 대로 군말 없이 일했으나 뱃사공이 된 지 얼마 안 된 경수는 더 나은 산수뢰를 열망했다. 일을 열심히 하면 언젠가 그곳에서 일하겠지, 하는 꿈과 희망. 그런 희망을 빌미로 경수를 이 일에 꼬드긴 건 산수뢰의 팀장인 송윤 자신이었다.

"지금은 바쁘니 조만간 그에 대해 얘기하세."

"아, 네. 알겠습니다. 그럼 몸조심하세요."

경수는 더는 붙잡지 않고 허리 숙여 인사했다.

송윤은 조급해하는 망자를 데리고 급히 그곳을 빠져나갔다. 어둠에 익숙한 송윤과는 달리 한 치 앞도 보이지 않는 남자는 자꾸 갈대 줄기에 발이 걸렸다. 넘어질 뻔한 걸 잡아 주는 것도 여러 번. 하는 수 없이 송윤은 품에서 손전등을 꺼냈다. 이 역시 귀신 시장에서 비싼 값에 사 온 것이다. 불을 켜자 망자가 왜 지금에서야 그걸 꺼냈냐는 듯이 눈을 흘겼다. 그들은 좀 더 걷다가 갈대숲에 숨겨 놓은 작은 배에 올라탔다. 준비해 둔 검은 천으로 망자를 덮고선 손전등을 껐다.

조심히 노를 저으며 송윤은 좀전의 일을 떠올렸다.

'골치 아프군.'

경수의 재촉을 예상하지 못했던 건 아니었다. 허나, 이 일을 계속하기 위해선 강심연에서 망자를 빼 올 경수가 꼭 필요했다. 답은 나왔고 해결이 안 되니 일단 돈 몇 푼 주고 어르고 달래기로 마음 먹었다.

불 꺼진 유교도 밑을 지났다. 최대한 소리를 안 내려고 노도 필요할 때만 저었다. 이미 유교도에서 일하는 놈들은 퇴근한 지 오래다. 그래도 야근하는 이가 가끔 있으니 조심해서 나쁠 건 없다.

한참 노를 젓자 익숙한 곳이 나왔다. 송윤은 산수뢰 근처에 배를 댔다.

"선생님, 이제 여기서부터 혼자 가시면 됩니다. 지금은 물이 허리께까지 잠기지만, 대각선으로 물길을 거슬러 올라가시면 점점 얕아질 겁니다. 무릎 밑까지 잠긴다 싶을 때 붉은 빛을 향해 직진하시면 됩니다. 일곱 날 밤낮으로 걸어야 하는 고된 길이나 급류와 망자를 잡아먹으려는 수귀가 있는 강심연보단 훨씬 나을 것입니다."

남자는 송윤이 가리키는 방향을 봤다. 그리고 결심한 듯 품에서 주머니를 꺼내어 건넸다.

"정말 고맙습니다."

받아 든 주머니가 묵직했다. 가끔 돈 있는 망자들은 노잣돈을 지전이 아닌 금은보화 등으로 가지고 오곤 했다. 어차피 삼도천을 지나면 그들에게 더는 필요하지 않은 것들이었다. 이걸 그들에게 알리며 망자를 빼돌리는 게 얼마나 어려운 일인지도 알아듣게끔 설명했다. 척하면 딱이었다. 바로 앞의 이익을 좇으며 살던 그들이었으니 송윤의 제안을 흔쾌히 받아들였다.

일단 송윤은 배를 움직였다. 다시 하류로 내려와서 노 젓는 걸 멈췄다. 하류의 물살에 배가 좌우로 뒤뚱뒤뚱 흔들렸다. 송윤은 손전등을 꺼내 불을 밝혔다.

주머니 속이 너무 궁금해서 참을 수가 없었다.

금인가? 은인가? 죽은 망자에게 이런 걸 주다니 상당한 배포와 재력을 가진 집안이었다. 주머니에서 꺼낸 건 손전등 불빛에 누르스름하게 빛나는 직사각형의 금괴였다. 송윤의 눈동자도 노랗게 빛났다. 굳게 다문 입이 쩌억 하고 벌어졌다. 부들부들 떨리는 손안의 것에서 눈을 뗄 수가 없었다. 그 고귀함과 찬란함이 마치 유교도의 한 귀퉁이를 떼어온 것 같았다. 허허하고 웃다가 누가 들을까 봐 입술을 말아 물고 어깨를 들썩였다. 심 봤다! 금괴를 든 채 두 팔을 하늘로 뻗으며 소리 없는 고함을 내질렀다. 저승에서 산 지 어언 80년! 생전 돈 없이 산 설움을 갚겠다고 망자에게서 돈을 빼돌린 지는 어언 60년! 그동안 이렇게 쾌재를 불렀던 날이 있었던가!

송윤이 연방 엉덩이를 들썩거리던 그때였다.

달음질치듯 강한 바람이 휘몰아쳤다.

쏴아아—

저 멀리서부터 갈대가 넘실넘실 굽이쳤다. 바람은 송윤이 있는 곳까지 달려와 이내 그를 덮쳤다. 철썩이는 물결에 배가 기우뚱거렸고 균형을 잃은 그의 몸이 우측으로 쏠렸다.

"으악!"

자칫하면 강에 빠질 것 같아 저도 모르게 난간을 붙들었다. 그러다 손에 쥐고 있던 금괴를 놓치고 말았다. 풍덩. 그 무게만큼의 불길한 소리를 내며 금괴는 검은 강물 속에 빠졌다.

화들짝 놀란 송윤이 잽싸게 손을 뻗었다.

"안 돼! 내 금!"

그는 팔을 차가운 물속으로 집어넣고 휘저으며 무작정 움켜쥐었다. 빠진 금괴가 물속에서 좀 더 부유하기를 간절히 바랐다. 어깨까지 집어넣은 팔에 아무것도 잡히지 않았다. 상체를 난간 밖으로 한껏 내밀다가 배가 뒤집힐 뻔했다. 수영만 할 수 있었다면 금방이라도 뛰어들었을 터였다. 송윤은 바닥을 구르고 있는 손전등을 주워 물 가까이에 갖다 댔다.

핏발이 선 눈에 힘을 줬다. 일렁이는 물결에 자꾸 눈앞이 아득해졌다. 그때 속에서 뭔가가 보였다. 송윤은 팔을 집어넣었다. 주위를 휘저으며 손으로 물을 쥐길 몇 번. 그것이 송윤의 팔을 잡아챘다. 송윤의 두 눈이 크게 벌어졌다.

"억, 으, 으아악!"

송윤이 비명을 내질렀다. 바닥에 떨어진 손전등이 팽그르르 돌았다. 송윤의 팔을 옭아맨 무언가의 손이 거센 힘으로 그를 끌어당겼다. 딸려가지 않으려 난간을 붙들고 잔뜩 힘을 줬다. 서로 당기고, 당겼다.

'수귀인가?'

강심연 깊은 곳에는 물귀신들이 살았다. 물속에서 그곳을 건너는 망자들을 어떻게든 끌어내어 혼을 빼먹으려 했다. 혼을 잡아먹힌 망자는 수귀가 되어 다른 망자들의 혼을 탐했다. 그러나 여긴 그들이 있을 만큼 깊은 곳이 아니었다. 아니어야 했다.

"여기서 이렇게 허무하게 죽을 수 없단 말이다아!"

기합과 함께 송윤은 붙들린 오른팔을 끌어당겼다. 그리고 난간을 붙든 왼팔로 한 자 정도 올라온 오른팔을 잡았다. 몸의 중심을 엉덩이에 놓은 채 그대로 배에 드러누웠다.

터억! 다른 손이 배의 난간을 붙들었다. 좌우로 크게 휘청거리는 난간 위로 퀭한 얼굴이 불쑥 솟았다. 송윤은 숨을 집어삼켰다.

놈의 얼굴은 제법 멀쩡했다. 감은 두 눈은 파먹히지 않았고 코와 입술은 뜯어먹히지 않았다. 숨통이 트이자마자 쿨럭쿨럭 기침을 한 놈이 몸을 버르적거렸다. 힘겹게 눈꺼풀을 밀어 올리고 상체를 배 안으로 밀어 넣었다. 송윤이 끌려가지 않으려고 두 다리로 지탱하자 놈은 난간 위로 발을 걸쳤다.

우당탕탕. 물먹은 몸이 바닥을 굴렀다. 그제야 악착같이 붙들던 손이 떨어져 나갔다. 송윤은 극심한 통증이 이는 팔을 부여잡고 몸을 바로 했다. 제대로 가누지 못해 몇 번 미끄러지고서야 노를 붙들 수 있었다. 간신히 노의 끝을 겨눴지만, 놈은 그대로 정신을 잃고 말았다.

송윤은 뭔가 이상한 점을 발견했다. 허겁지겁 발치에 뒹구는 손전등을 주웠다. 그리고 늘어진 놈의 머리부터 발끝까지 비췄다. 확실히 수귀는 아니었다. 그리고 놈이 입은 옷은 무명 수의가 아닌 생전에 입던 옷이었다.

위령수를 그냥 지나친 건가 싶다가도 밤잠이 없는 할멈과 할아범을 그냥 지나칠 수는 없었다. 수의를 입지 않으면 강조차 건널 수 없으니.

누락된 망자인가, 도망자인가. 대체 이게 무슨 일인가.

송윤은 검은 강물을 쳐다보다가 신경질적으로 머리를

긁적였다. 금괴를 강에 빠뜨린 것도 짜증이 나고 화가 치미는데 배에 정체를 알 수 없는 놈까지 있으니 당황스럽고 막막했다.

다시 빠뜨릴까.

한 번 빠졌는데 두 번은 못 빠질까. 위령수 앞에 갖다 놓는다 한들 놈은 자신의 얼굴을 봤으니 이 밤에 강에서 배를 타고 무엇을 했는지 설명해야만 했다. 재수가 없으면 저승행이고 재수가 있대도 다신 망자를 빼돌려 노잣돈을 가로채지 못하리라. 차라리 수귀의 먹잇감으로 던져버려야 확실한 증거 인멸이 가능했다.

결심한 송윤은 노를 저어 배를 숨겨 놓던 갈대밭으로 갔다. 이곳엔 수귀가 없으니 삼도천을 건너는 나룻배에 놈을 태워야 했다. 그리고 이를 처리할 아주 적합한 인물이 있었다.

2

"으아아악!"

최태수는 감았던 눈을 뜨고 자리에서 일어났다. 주위에 온통 뿌연 안개가 가득했다. 이곳이 어디인지 가늠할 수 없었으나 지척에서 물 흐르는 소리가 들렸다. 뒤늦게 바다에 빠졌던 기억이 났다.

"일어나셨어요?"

누군가의 물음에 최태수는 뒤를 돌아봤다. 저벅저벅 발소리가 들리더니 안개를 뚫고 한 남자가 다가왔다.

"반나절을 꼬박 주무시더군요. 오셨을 땐 제가 사흘 만에 일이 끝난 시간이라 망자님이 배를 타지 못했어요. 이제 가실 준비를 하셔야 하는데….."

붉은색 개량 한복을 입은 남자는 땅바닥에 앉아 있는 최태수를 가만히 들여다봤다. 호기심이 어린 눈빛을 마주하며 최태수도 남자를 눈여겨봤다. 짙은 눈썹과 큼직한 눈코입이 무척 낯설었는데 피부색은 한국인보다는 동남아 사람처럼 어두웠다. 한국말 잘하는 필리핀인이나 태국인 같달까. 남자가 입을 열었다.

"진짜 수귀 아니죠?"

"그게 뭡니까?"

"물귀신이요. 말하는 거 보니까 그건 아니네. 강심연의 깊은 강에 빠지면 모든 걸 다 잊어버리거든요. 말하는 법까지."

"강심연?"

"삼도천 하류에 있는 이곳을 말해요. 차사님들이 그것

도 얘기 안 해 줬어요? 난 그거 듣고 도망친 줄."

남자가 이해할 수 없는 단어들을 연달아 나열했다. 꼬리에 꼬리를 무는 수수께끼 같았다. 눈만 껌뻑이자 남자가 갑자기 무슨 생각을 했는지 기겁했다.

"설마 잊어버렸나요? 아무리 강심연의 낮은 곳이었대도 한 번 빠졌으니…."

최태수는 황급히 손을 내저었다.

"잊어버리지 않았습니다. 다 기억이 납니다. 저는 최태수고, 일이 생겨서 바다에 빠졌고, 눈 떠 보니 이곳이군요. 병원은 아닌 것 같고 다른 사람들은 어디에 있죠?"

말하던 그는 물에 젖어 축축한 점퍼를 더듬었다. 지갑이 안주머니에 고스란히 있었다.

"망자님, 그 중간을 잊어버리셨잖아요!"

"?"

"당신은 죽어서 이곳에 온 거라고요."

헛웃음이 났다. 최태수는 그 자리에서 일어났다. 남자가 계속 말했다.

"왜 도망쳤는지 궁금했는데 그 이유를 들을 수 없어 유감이네요. 그래도 너무 걱정하지 말아요. 잠깐, 그러면 어제 일은 기억도 안 난다는 거잖아요. 그렇죠? 아니, 어디 가세요?"

최태수는 무작정 걷기 시작했다. 정신 나간 사람처럼 헛소리해 대는 남자를 두고 안개를 헤쳐 나갔다. 남자가 잰걸음으로 다가왔다.

"멀리 가지 말아요. 할멈이나 할아범한테 들킨다고요."

그 말을 무시하며 걸음을 내딛다가 차가운 물속에 발이 빠져들었다. 균형을 잃어 넘어질 뻔한 걸 따라오던 남자가 붙들어 줬다.

"망자님, 또 물에 빠지고 싶어요? 이 앞부터는 삼도천이라고요."

최태수는 자신을 붙든 손을 뿌리쳤다.

"난 죽지 않았어!"

남자는 잠시 내쳐진 자신의 손을 바라봤다. 그런 그에게 최태수가 버럭 소리쳤다.

"아까부터 계속 뭐라고 떠드는 거야? 바다에 빠진 건 단 몇 분이었어. 그들이 손을 뻗어 바로 구해 줬다고! 내가 죽는 걸 가만히 지켜볼 사람들이 아니야!"

물속으로 내뻗던 손을 마주 잡던 기억이 났다. 죽었다고? 이렇게 멀쩡한데? 그럴 리가 없었다.

"그것참, 기억이 안 난다고 말했으면 서로 좋았을 텐데 말이죠. 사망은 순식간이죠. 바다에 빠져서 변을 당했거나, 건져져서도 변을 당했거나."

남자는 그 말을 하고 최태수를 힐끗 봤다. 그리고 이어 말했다.

"뭐, 그건 나중에 확인하면 되니까요. 눈이 좀 도셨는데 부정한다고 부정될 일이 아닙니다. 현실을 직시하세요. 그리고 여기선 망자가 무턱대고 다니면 큰일 나니까 제발 시키는 대로 해 주시길 바랍니다. 이리 오세요. 팀장님이, 아니, 일단 준비된 옷으로 갈아입을게요."

최태수는 남자의 안내로 허름한 나무 창고로 들어갔다. 죽었을 리 없다고 부정하던 그는 남자가 내어준 무명 수의로 옷을 갈아입었다. 마르지 않은 옷이 축축해서 찝찝했다. 새 옷은 너무 커서 소맷단과 바짓단을 몇 번이나 접어야 했다.

주머니에 지갑을 넣으려다가 잠시 멈칫거린 최태수가 지갑을 펼쳤다. 투명한 비닐 속, 물에 젖은 가족사진이 눈에 들어왔다. 눈물이 핑 돌았다. 툭 하고 물먹은 회사 점퍼가 바닥에 떨어졌다.

자신이 죽었다면 아내와 아들은 어쩐단 말인가. 몇 년째 갚는 아파트 대출 이자는 아직 한참 남았고, 모아 둔 돈도 없었다. 어린 아들을 키우느라 경력 단절된 아내가 일을 구하려면 시간이 얼마나 걸릴지. 내년엔 아들의 초등학교 입학도 있었다.

생명 보험이 있었던가? 생활비 내기에도 빠듯했던 월급이었다. 그렇다면 하청 노동자도 산재가 되려나? 이렇게 될까 봐 부르짖던 파업이었다. 사측의 눈 밖에 날 대로 난 상태에서 과연 그게 될 리가 있을까?

살아서도 막막한 삶이 죽어서까지 막막했다.

밖으로 나오니 안개는 걷혀 있었다. 그래서 좀 더 제대로 주위를 볼 수 있었다. 이곳은 최태수가 나온 창고와 그 옆 사무실 같은 용도로 보이는 건물만이(이 역시 허름하다) 전부였다. 넓은 강 주위엔 사람 키만 한 갈대밭이 펼쳐졌고 저 멀리 한눈에도 보이는 커다란 나무에서 각양각색의 옷들이 휘날렸다. 그 뒤로 펼쳐진 산엔 황사로 흐릿하지만 누가 사는지 옹기종기 집들이 모여 있는 것이 보였다. 그 모습이 마치 회색빛 서울의 달동네를 닮았다.

기이한 모습에 마냥 시선을 빼앗기다가 그와 같은 옷을 입은 망자들이 갈대를 걷어내며 이쪽으로 걸어 나오는 걸 발견했다. 그들은 나루터 앞에 줄을 서기 시작했다. 끼긱 끼긱. 막 도착한 나룻배가 밧줄을 내리고 있었다. 자신을 안내하던 남자가 그 앞에 있다가 밧줄을 잡아 기둥에 묶었다. 조금 전에 남자가 했던 말이 떠올랐다.

"배가 도착하면 다른 망자들처럼 줄을 서시고 배에 올라타세요. 우현 쪽 뒷자리를 비워 두겠습니다. 절대 저를 아는 척하시면 안 됩니다."

최태수는 남자의 당부대로 줄을 섰다.

"경수? 오늘 자네 쉬는 날 아닌가? 사흘 만에 쉬는 날이라고 늘어지게 잠만 잔다면서 어쩐 일인가?"

"공 선생이랑 교대했습니다. 많이 피로해 보이셔서. 눈밑이 거무죽죽한 게 발끝까지 닿았더라고요."

"여기서 안 그런 뱃사공이 있다던가."

뼈밖에 안 남은 노인이 후들거리는 다리로 배에서 내렸다. 경수가 파손된 배의 옆구리를 쓸었다.

"이런… 수귀의 발악이 꽤 심했나 보군요. 괜찮으신 겁니까?"

"나나 그들이나 죽지 못해 사는 게지."

노인이 삿갓을 경수에게 넘겼다.

"그럼 난 다음 배 시간까지 좀 자 둬야겠네. 수고하게."

노인은 창고 옆 사무실로 들어갔다. 삿갓을 쓴 경수는 망자들에 섞인 최태수를 바라보다가 이내 눈길을 돌려 나룻배 앞에 판을 깔았다. 들어 올린 묵직한 나무함에서 짤랑이는 소리가 들렸다.

"자! 한 명씩 올라타세요! 뱃삯은 삼만 삼천삼백삼십삼 원!"

그 말에 모여든 망자들이 수군거렸다. 앞에 선 아주머

니가 주머니에서 꾸깃하게 접힌 돈을 꺼냈다. 그리고 조심스레 물었다.

"저, 혹시 거슬러 주시나요?"

"아이고, 그럼요. 건너서는 가지고 오신 돈이 필요 없겠으나, 원하시면 거슬러 드립니다."

오래되어 거무스름한 나무함을 열자 종류별로 돈이 있었다. 각각 다른 지폐, 동전 중에서 거스름돈을 골라 건넸다. 아주머니는 경수가 지정한 자리에 앉았다. 스무 명 정도 앉을 수 있는 배에 하나둘씩 망자들이 자리를 잡았다. 최태수는 경수가 알려 준 우현 쪽에서 제일 뒷자리를 가늠해 보았다. 그리고 지갑을 꺼내 돈을 헤아렸다. 딱 만원권 세 장과 천 원권 네 장이 있어서 가슴을 쓸어내렸다.

"야! 요즘 누가 노잣돈을 챙긴다고 그래?"

한 아저씨가 허리에 두 손을 올리고 소리 질렀다. 저고리도 채 여미지 않고 툭 튀어나온 배를 한껏 내밀면서 배 째라는 식이었다. 그런 그를 빤히 바라보던 경수가 씩 웃었다.

"물론 노잣돈이 없으신 분들을 위해 저희는 몸에 지니신 금이나 은도 받습니다!"

"이게 장난하나? 몸에 그런 걸 왜⋯."

"망자님 어금니에 금이빨이 있으시잖아요. 그거 빼서

주시면 됩니다."

태연한 그 말에 아저씨의 얼굴이 시뻘게졌다.

"그게 말이 돼? 말귀를 못 알아들어 처먹어? 너 어느 나라 놈이야? 베트남이야? 말레이시아? 아니 왜 한국 저승에도 외국놈들이 있는 거야!"

순식간에 경수가 손을 뻗어 아저씨의 턱을 쥐었다. 놀란 아저씨가 그 손아귀에서 빠져나오려고 했지만, 그 힘이 어찌나 센지 움직일 수조차 없어 보였다. 경수는 여전히 웃는 낯으로 말했다.

"망자님의 질문에 굳이 답해 드리자면 어머니가 필리핀분이셨지만, 아버지 나라에서 태어나 길러진 저는 한국 사람이었습니다. 이번엔 제가 궁금한 게 있는데, 어금니의 금이빨이 뱃삯을 넘을 것 같은데 거슬러 드릴까요? 이런, 말하기 힘드시겠군요. 그렇다면 일단 금이빨을 빼겠습니다. 어쩌면 좀 아프실지 모르겠습니다."

경수의 두툼한 손이 벌어진 입안으로 들어갔다. 컥컥거리는 아저씨의 신음과 비어져 나오는 비명 사이로 까드득거리며 이빨이 뽑히는 소리가 들렸다.

망자들이 숨을 들이켜는 소리가 곳곳에서 들렸다. 불만 어린 수군거림이 삽시간에 사라졌다. 훌쩍훌쩍. 누군가가 울음을 터뜨렸다. 한 번 터진 울음은 다른 망자에게로 전염되어 그 소리가 커졌다.

마냥 친절할 줄 알았던 경수의 공격적인 모습을 본 최태수는 잔뜩 주눅이 들어 눈치를 봤다. 울음을 터뜨린 그들의 마음이 이해가 되었다. 노잣돈이 없어 막막한 망자들도 있을 테고, 눈앞의 폭력에 죽음이 와닿지 않던 이들은 이제 확실히 저승과 지옥이 코앞에 다가왔음을 깨달았을 터였다.

최태수는 후자의 마음이었으나 눈물을 삼켰다. 지은 죄가 있으니 강심연에서 줄 서고 있는 것도 납득됐다.

동료들을 두고 도망친 자, 책임져야 할 가족들을 가난 속에 버려 두고 저승으로 온 자.

"저기, 뱃삯이 없으면 어떻게 해야 하나요?"

안경 낀 남자가 손을 들고 조심히 물었다. 바닥을 기는 아저씨 앞에서 아무렇지 않게 거스름돈을 헤아리던 경수가 고개를 들었다. 다시 웃는 낯으로 돌아왔다.

"빌리세요!"

"예?"

"아까도 말했다시피 삼도천을 건너면 저승입니다. 그곳에서 더는 노잣돈이 필요 없어요. 그렇다면 뱃삯을 제하고 남는 돈을 가지신 분들께 빌리면 되지요."

"그, 그래도 못 빌린다면….."

하아. 길어지는 설명에 이골이 났다는 듯 경수는 이맛살을 찌푸렸다. 한숨을 내쉬고 그는 망자들의 뒤편을 손가락질했다. 모두가 뒤를 돌아 그가 가리키는 걸 봤다. 갈대밭이 이어지는 언덕배기에서 더럽고 해진 무명 수의를 입은 비쩍 마른 망자들이 비척대며 이곳으로 오고 있었다. 뛸 힘도 하나 없는 듯 삼삼오오 내려오는 걸음이 불안하게 후들거렸다. 어떤 이는 버티지 못해 그 자리에서 주저앉거나 넘어진 채로 바닥을 굴러 내려왔다.

"저들은 노잣돈도, 뱃삯도 없어서 꽤 오래 이곳에서 발이 묶인 자들입니다. 아마 저렇게 될 겁니다."

경수의 말에 상황의 심각성을 알아차린 망자들이 앞뒤에 선 망자들에게 매달리며 소리를 질렀다.

"돈 좀, 뱃삯 좀 빌려주십쇼."

"비켜! 거지가 따로 없구만!"

"어차피 그 돈이 다 필요 없다고 하잖아요!"

"이게 어떤 돈인데 당신한테 주겠어?"

"은혜를!"

겁에 질린 망자들이 빠르게 돈을 지불하고 배에 올라탔다. 순식간에 최태수의 차례가 됐다. 미리 말한 대로 경수는 그를 모른 척했다. 허겁지겁 배에 오르려던 최태수는 왁자한 소란이 일어나는 나루터를 돌아봤다. 그 소란은 마치 죽기 직전 자신을 끈질기게 뒤따르던 비명이 섞인 고함과도 같았다.

무릎을 꿇고 빌거나 바짓단을 부여잡으며 끈질기게 도와달라고 절규하는 망자들을 그 누구도 신경 쓰지 않았다. 냉정하게 돌리는 등과 매정한 시선들이 최태수에겐 너무나 익숙했던 것이었다. 살았을 때 그것에게서 도망쳤는데 죽어서까지 도망쳐야 할까? 이렇게 후회하는데.

최태수는 배에서 내려왔다. 자신에게 남은 거라곤 약지에 낀 결혼반지뿐이었다. 다른 이의 뱃삯을 치르던 경수는 갑자기 눈앞에서 손가락에 낀 반지를 빼는 그를 어이없는 눈빛으로 쳐다봤다.

"이거 얼마 안 되지만 제일 오래된 분들 먼저 태워 주십시오."

"…그럽시다."

3

삼도천을 건너는 배는 꽤 심하게 흔들렸다. 육지에서는 그렇게 춥다고 생각하지 않았지만, 강 위에선 매서운 비바람이 불었다.

끼익끼익.

나무배가 요란한 소리를 내며 급류에 휘청거렸다. 최태수는 난간을 붙잡으며 경수를 돌아봤다. 노 젓는 데 집중하던 경수의 눈이 최태수의 시선과 마주쳤다.

"며칠 제대로 쉬시지 못하셨다던데 괜찮으십니까?"

경수는 괜히 말을 거는 최태수에게 눈살을 찌푸려 보였다. 아는 척하지 말라는 당부를 잊은 것일까.

"배가 난파될 게 걱정이시면 하지 않으셔도 됩니다. 하루에도 열두 번 오가는 뱃길이니까요."

"저… 삼도천 뱃사공이라면 이승의 공무원과 비슷한 건가요?"

경수의 말에 안경을 쓴 남자가 불쑥 물었다. 아까 뱃삯이 없을 때 어떻게 되는지를 묻던 남자였다. 돈이 있었으면서도 질문을 한 것으로 보아 쓸데없이 호기심이 왕성한 것 같았다.

"아니지, 하청 일꾼 같은 거지."

그 옆에 앉은 할아버지가 대꾸했다가 경수의 눈길에 입을 다물었다.

"갑자기 그건 왜 궁금하십니까?"

"아니, 그냥 남 일 같지 않아서요. 저도 공무원이었는데 과로사로 죽었거든요. 이럴 줄 알았으면 아버지 식당이나 물려받을걸."

그가 훌쩍이자 경수는 괜히 물어봤다는 표정을 지었다. 할아버지가 또 끼어들었다.

"나랏일 하면 좋은 거지. 철밥통이 괜히 철밥통이겠어? 따박따박 돈 나오지, 주 5일 근무에 뻘간 날과 연차에 놀고먹지. 과로사? 자네 혼자 일했나? 웃기고 앉아 있네. 일은 뭔 일을 해? 감투 쓰고 주름잡는 데에만 혈안인 것들이. 누군 못 들어가서 아등바등하는데 배부른 소리 하고 있어."

"어르신 뭘 모르시면 말을 마세요. 공무원 좋다는 건 낙하산 공무원들 얘기죠. 능력 없어도 연줄 하나로 억대 연봉이고. 저 같은 9급 나부랭이는 200도 안 되는 월급 받고도 너네 월급 내 세금으로 주는데, 왜 요구하는 거 안 들어주는데 행패 부리는 어르신 같은 무식한 분들 상대하는 건데요. 안 잘려서 좋은 건 그렇다 쳐요. 그런데 밥통 같은 상사도 안 잘려요."

"뭐, 뭣? 무식한? 저 썩을 놈이!"

"뱃사공님도 힘들면 분기탱천 들고 일어나십쇼! 저승이라고 뭐 다른가요? 이승이나 저승이나, 살아가는 거나 일하는 거나 다 똑같지 않습니까. 다 먹고살자고 하는 짓아니냐고요. 부자처럼 살지는 못해도 최소한의 선이란 게 있잖습니까. 과도한 업무는 살인이나 다름없습니다. 죽어서도 죽어라 일해야 합니까? 부당하다면 모두가 일어나야 합니다! 참아서 무슨 득이 있겠습니까? 저 보십쇼! 저는, 참고만 살다가, 흑흑, 공무원 노조? 시위도 못 하는 게 무슨 노조야."

남자가 팔을 허공에 찌르며 소리쳤다. 그런 그를 향해 노인이 삿대질했다.

"저런 미친놈들 때문에 돈 올려 달라고 파업하는 놈들이 있는 거야! 지들이 뭐가 얼마나 잘났기에 나라가 허리띠를 졸라매는 어려운 시기에 힘을 보탤 생각은 안 하고 지들만 살자고 파업을 해? 그 적자를 세금으로 메꾸는 거아니야! 나 때는 약 먹어가면서 철야 했는데 이것들은 배가 불러 터졌어. 이건 필시 북한놈들이 보낸 간첩이 그 안에 있는 게 틀림없어!"

"노망났군."

최태수가 중얼거리며 고개를 흔들었다. 생전에 자신이 한 파업이 이런 소리를 듣는다니 화를 넘어서 허무했다. 비정상을 정상으로 바꾸려는 노력이란 걸, 그들은 알려고도 하지 않았다.

배는 한참이나 강을 건넜지만, 그 끝이 보이지 않았다.

모여 앉은 망자들은 들이치는 강물과 비바람에 잔뜩 몸을 웅송그렸다. 비에 젖은 무명 수의가 가는 몸에 들러붙어 추위에 떠는 모습이 그대로 드러났다. 그 뒷모습을 보던 최태수는 입술을 꾹 다물었다. 반지를 뱃삯으로 내줬지만, 열 명도 채 되지 않는 인원이 올라탔다.

처음부터 가진 것 없이 시작한 결혼 생활이었다. 결혼식은 정화수 떠 놓고 서로 마주 앉아 절하는 걸로 대신했다. 아내가 든 3년 적금으로 제대로 된 반지를 나눠 끼던 날 서로 부둥켜안고 울었다. 변한 게 없어 보였지만, 결혼반지가 생겼고 내 집이 생겼다. 그것들이 잘 살아내고 있다는 증거였다. 그 증거가 저들을 도운 것이었다.

"고마워요."

그의 앞에 앉아 있던 젊은 여자가 뒤를 돌아보며 말했다. 창백한 얼굴엔 감정이 없었으나 건네는 가녀린 목소리는 따뜻했다.

"제가 현생에선 몸이 약해 놔서 일도 못 하고 병원에 갈 일만 있고. 그동안 정부에서 지원해 주는 복지 예산으로 어찌저찌 살았는데 그마저 끊겨서요. 노잣돈이 없었어요. 죽어서도 돈이 필요한 줄 몰랐어요. 하긴 알았다 해도 죽기 전에 가지고 있던 돈이라곤 300원이 전부였네요."

"누가 알았겠습니까. 저도 재수가 좋아서 가지고 있던

거지."

"저승에선 아저씨의 선행이 드러났으면 좋겠어요."

여자가 희미하게 웃으며 말했다. 그 말에 턱을 부여잡고 있던 아저씨가 코웃음을 쳤다. 경수에게 금이빨이 뽑힌 남자였다.

"흥! 다 죽어서 한 착한 척을 과연 쳐 줄까. 저게 다 꼼수라고."

금니를 뽑히고 한동안 정신을 못 차리는 것 같더니 이제 좀 나아졌는지 불퉁하게 말을 내뱉었다.

"꼼수라뇨? 무슨 말을 그렇게 심하게 하세요?"

여자가 눈살을 찌푸리자 아저씨가 입술을 비죽였다.

"머리가 있으면 생각이란 걸 해 봐. 애초에 이 배를 타는 사람들은 죄를 많이 지은 사람들이라고. 나나 당신들이나 다 똑같아! 생전에 저지른 나쁜 짓들을 탕감 받으려고 뒤늦게 선심 쓰는 척한 거지! 위에 가서 윗분한테 딸랑딸랑거리며 오늘 한 일을 하나도 빠짐없이 공치사할걸. 당신 같은 사람들이 증언할 테니 그걸 노린 거라고!"

아저씨는 최태수 덕분에 배에 올라탄 망자들의 면면을 훑으며 콧방귀를 꼈다.

"공치사는 아니죠. 사실을 말하는 거니까. 그리고 아저씨는 저분처럼 누군가를 위해 돈을 내줬나요? 저희 말고 여기에 올라탄 분들은요? 우리를 도와줄 생각조차 하지 않으셨잖아요."

여자의 말에 망자들이 눈을 피했다. 아저씨가 두툼한 손바닥으로 허벅지를 치며 자리에서 일어났다.

"아니, 어른이 그렇다면 그런가 보다 하고 넘어가면 되지, 어디서 눈을 동그랗게 뜨고!"

"어르신, 앉으세요."

그때까지 뒤에서 노를 젓고 있던 경수가 말했다. 나지막한 목소리에 움찔 놀란 아저씨는 치미는 화를 못 이기고 그에게 버럭 소리를 질렀다.

"남의 이빨을 마구잡이로 뽑고 말이야! 나 돈 있었어!"

"없었다면서요."

"물어보는 것도 못 하나? 어?"

"현금이든 금니든 둘 중 하나만 받으면 그만이라서요."

"그걸 말이라고 해?"

삐걱삐걱 배가 흔들리는 움직임이 점점 커졌다. 경수는 빈정거리며 짙푸른 강물을 바라봤다. 물결은 빠르게 움직였고 그 밑으로 검은 인영이 설핏 보였다. 경수는 입술을 오므린 채 집중하며 노를 저었다. 그 와중에도 아저씨는 계속 소리를 질러 댔다.

"너 내가 가만둘 줄 알아? 너 윗대가리가 누구야?"

"저승에 사장은 없고요. 있다면 염라대왕? 어, 아저씨가 거기까지 갈 수 있을지 모르겠네요."

"뭐?"

쿵 하는 소리가 들리더니 배가 좌측으로 기울었다. 망자들이 비명을 내지르며 배의 난간이나 앉은 자리를 붙잡았다. 경수가 재빨리 노를 저어 균형을 잡았다. 뒤로 넘어진 아저씨의 육중한 몸이 우현 쪽 난간에 부딪혔다.

"너 이 새끼 운전 제대로 못 해?"

가슴팍에 부딪힌 충격으로 내뱉는 발음이 뭉그러졌다. 아저씨가 숨을 몰아쉬고 난간을 쥔 팔에 힘을 주어 일어서려고 할 때 물속에서 무언가가 튀어 올랐다.

끼에엑!

괴상한 소리를 내지른 사람 형체가 아저씨의 몸통을 붙들었다.

"으아악! 이게, 이게 뭐야? 떼어 줘!"

망자들이 아저씨에게서 황급히 물러났다. 최태수는 아저씨 몸에 들러붙어 그의 얼굴을 물어뜯는 기괴하고 흉측한 그것이 수귀임을 알아챘다. 경수가 물귀신이라고 했던 그것. 강에서 풍덩거리는 소리가 들렸다. 최태수는 난간 너머를 봤다. 물속에서 하나, 둘 수귀가 배를 향해 헤엄쳐 왔다.

"으아아아악!"

저편에서 몸을 숨겼던 망자가 수귀의 손아귀에 잡혀 강으로 끌려갔다. 비명이 이어졌다. 양쪽으로 수귀가 달려드니 손이 닿지 않는 가운데로 사람들이 몰렸다. 좌우로 흔들리는 배 때문에 바깥에 있는 망자가 미끄러져 난간에 부딪히거나 밖으로 떨어졌다. 최태수도 미끄러지다가 나무 기둥을 붙들며 뒤뚱거리는 배에서 어떻게든 균형을 잡으려고 했다. 그리고 겨우 몸을 일으켰을 때 노를 젓던 경수와 다시 눈이 마주쳤다.

경수가 손을 뻗었다. 최태수는 그 손을 마주 잡으려고 했다. 하지만 한 박자 빠른 투박한 손이 최태수의 가슴팍을 힘껏 밀었다. 뒤로 밀린 몸이 때마침 기우뚱거리는 배의 난간을 넘었다.

풍덩!

익숙한 상황이었다. 최태수는 소용돌이치는 물속에서 허우적거렸다. 물 밖으로 나가려고 몸부림칠 때 사방에서 자신을 향해 헤엄쳐 오는 수귀들을 봤다. 눈은 파였고 입술과 얼굴은 물어뜯겨 뼈만 남은 것들이 날카로운 손톱을 내밀었다. 최태수는 피하려고 몸부림쳤다.

4

송윤은 어두워지자마자 강심연의 갈대밭으로 달렸다.

종일 일이 손에 잡히지 않았다. 귀신 시장에서 산 박카수를 위령수의 할멈과 할아범한테 내밀면서 지난밤에 안녕하셨는지 물었다. 그들은 박카수를 마시며 일없다고 했다. 굳이 거짓말을 할 리가 없었으니. 이번엔 지나가는 차사에게 한지로 된 봉투를 건네면서 그간 안녕했는지 물었다. 봉투를 통이 큰 흑색 도포 소맷자락에 넣으며 차사는 늘 똑같이 지루한 날들의 연속이라고 말했다.

찝찝했다. 누구 하나 간밤에 배에 올라온 놈의 정체를 알지 못했다. 누락됐다고 하기엔 명부를 관리하는 자들이 염라대왕이 뽑은 엘리트들인지라. 흐흠.

한자리에서 고민에 잠겨 맴을 돌던 송윤은 누군가가 갈대를 헤치고 오는 소리에 고개를 들었다. 경수가 숨을 몰아쉬며 송윤의 앞에 섰다.

"그래, 오늘 시킨 일은 처리했는가?"

정체 모를 놈을 수귀의 밥으로 던져 주면 산수뢰에 바로 채용하겠다는 약속까지 한 상태였다. 송윤은 조급히 숨을 몰아쉬는 경수의 입을 쳐다봤다.

"대체⋯."

"대체?"

"그 망자⋯."

"그 망자? 아잇, 했다는 건가, 안 했다는 건가?"

"뭡니까?"

답답함에 소리를 버럭 지르던 송윤은 경수의 말에 눈을 끔벅였다. 이해할 수 없는 질문이었다.

"그게 무슨 소리인가?"

"시키신 대로 그 망자를 바다에 빠뜨렸는데 몰려든 수귀가 개똥 쳐다보듯이 건들지도 않았습니다."

"뭐?"

"심지어 그 망자가 배로 다시 올라왔는데, 그 깊은 곳에 빠지면 생전 기억을 다 잃어야 하지 않습니까?"

"그렇지."

송윤의 대꾸에 경수가 얼빠진 표정을 지으며 말했다.

"멀쩡했습니다."

그 말에 송윤도 얼빠진 표정을 지었다.

웅성웅성. 어둠의 저편에서 여러 사람의 기척이 느껴졌다. 그들의 움직임을 의식하자 뭉그러지던 소리가 선명하게 들렸다. 고저 없이 주고받는 대화가 꽤 진중했다.

"사측에서 용역 경비 업체 직원들을 고용했다더군. 내

일이면 정문에 깔릴 거야."

"내가 그놈들 그럴 줄 알았어. 합의해 줄 것처럼 굴더니 시간 끌기였다니."

"경찰놈들도 저들 편이야. 사측에서 A동을 폐쇄하고 난 뒤 출입문마다 경찰을 배치했어."

"우리 사이에 프락치가 있다는 게 사실이야?"

"그럴지도 모르겠어. 어떻게 알았는지 사측이 김 부장, 연 반장 등 노조 간부들과 주동자 명목으로 몇 명한테 고소장을 날렸다더군."

"그 말은 들었어. 거기에 최태수 자네도 있다지?"

마주 앉은 두 사람의 시선이 그에게로 향했다.

"나는 프락치가 아니야. 그저 사측이 고소한대서, 막대한 해를 끼친 손해를 배상하라 해서, 그게 무서워서 도망쳤을 뿐이야!"

최태수는 놀라서 눈을 떴다. 진땀이 흘렀다. 시야에 뿌연 하늘이 보였다. 강물이 흐르는 소리와 바람이 갈대에 치대는 소리가 들려왔다. 몸을 일으키자 강심연 나루터 근처 창고 옆이었다. 눈을 몇 번 끔벅이며 목을 긁었다. 이 상황이 무엇인지 잠시 고민을 해 봤다.

"아, 나 강에 빠졌었지."

달려들던 수귀들은 최태수를 그대로 지나쳐 배로 향했다. 이상한 일이었지만, 일단 살고자 물 위로 헤엄쳤다. 흐릿한 빛 사이로 누군가의 손이 강 속으로 들어왔다. 최태수는 그 팔을 악착같이 잡았다.

"일어나셨습니까? 강에 빠지셨는데 좀 괜찮으신가요?"

어느새 다가온 경수가 물었다. 최태수는 멍한 얼굴로 경수를 바라봤다.

"왜 날 밀었습니까?"

"역시 다 기억하시는군요."

경수는 최태수를 이상한 눈빛으로 보았다. 삼도천에 빠졌는데 수귀는 피했고 기억도 잃지 않았다. 배에 올라 오자마자 자신을 억울한 눈빛으로 쳐다보던 그 눈빛에서 알아차렸다. 이 망자 뭔가 이상하다고.

"그러고선 다시 절 살리셨죠."

"그건 어쩔 수 없이…."

수귀에게 먹힌다는 계획이 어그러졌다. 산수뢰로 가는 길이 코앞이었는데. 망자는 빠진 그 자리에서 급류에 쓸려내려 가지도 않고 소용돌이를 만난 것처럼 뱅글뱅글 돌고만 있었다. 그때 악착같이 배를 쫓던 수귀들이 무언가에 놀라 후다닥 도망쳤다. 깊은 바닥에서 거대한 무언가가 비쳤다. 환영처럼 높다란 건물과 사람들의 형체가 물

속에서 일렁거렸다. 그들이 이쪽으로 팔을 뻗었다. 경수도 급히 팔을 집어넣어 최태수를 붙들었다. 배로 끌어올리자 소용돌이와 환영은 사라져 버렸다.

그게 무엇인지는 깊게 생각하지 않았다. 여기서 일하는 동안 본 적 없는 것이었지만, 뭘 있어도 이상하지 않은 곳이 강심연이기도 했다. 그냥 깊은 생각은 송윤 팀장에게 넘기기로 했는데 자초지종을 들은 팀장은 얼빠진 표정이나 짓고 생각 좀 해 보겠다고 했다. 그놈의 생각! 생각! 생각!

"왜 저승이 아니라 이곳 삼도천에 데리고 온 겁니까?"

"저도 생각이란 걸 좀 해야 해서. 일종의 보험이라고 생각하시면 되겠네요. 근데 혹시 파업에 대해 잘 아십니까? 아까 자면서 뭐라고 하시던데. 문득 그런 생각이 드네요. 저 좀 도와줄 수 있으십니까? 그런 거 잘하시지요?"

경수는 아까 배에서 공무원이었다는 남자가 한 말을 곱씹었다. 남 같지 않다며 내뱉는 말들에 공감하지 않을 수 없었다. 무작정 송윤을 믿던 세월이 수십 년이었다. 이제는 바꿔야 할 때가 온 것이었다. 죽지 못해 이 짓을 하고 산다면, 이 짓을 바꾸면 되는 것이었다.

"싫습니다. 그것 때문에 죽었는데, 나는요, 그들을 배신했어요. 그런데 여기서도 파업이라뇨?"

"저도 많이는 바라지 않습니다. 어떻게 해야 하는지만 알려 주십시오. 게다가 어차피 저 아니면 뱃삯도 없어서 저승 못 가시잖아요."

5

최태수는 아비규환 속에 다시 서 있었다. 배를 타기 위해 줄을 선 망자들. 그들에게서 뱃삯을 빌리려고 애걸하는 망자들. 몸싸움으로 번져 한데 뒤엉킨 영혼들. 고함과 절규에 피어오른 흙먼지가 눈을 찔러 댔다.

"뭘 한다고?"

"파업이요!"

노인 뱃사공이 이맛살을 찌푸렸다.

"무슨 요상한 바람이 들어서 귀신 씻나락 까먹는 소릴 하는 거야?"

"언제까지 죽지 못해서 이 짓을 할 거예요? 벌써 수십 개월째 강행군이라고요. 대체 우리가 왜 그렇게까지 해야 하는 건가요? 살기 위한 최소한의 선을 만들자는 거예요. 저승에 우리 의견을 내어 협상하는 거죠. 월급 인상과 적정 인원 투입으로 이뤄지는 적정 근로 시간 및 안전한 근무 환경!"

경수는 최태수가 말한 대로 노인 앞에서 읊었다. 노인의 얼굴이 점점 더 일그러졌다.

"저는 찬성이요! 옛날 운동권에서 데모하던 기억이 새록새록 하네."

가판에서 뱃삯을 받던 중년의 공 선생이 말을 얹었다.

"뭐 하는 거야, 공찬. 자네도 이런 말 같지 않은 말에 물든 게야?"

"그전부터 꾹꾹 참았는데 이젠 저도 도저히 참지 못하겠습니다. 솔직히 현재 강심연은 저희 오기로 버틴 지 오래지 않습니까. 저승 높으신 분께 건의한 지가 언젠데 나몰라라 하는 게 말이 안 되지요. 말로 안 되면 행동으로 보이는 수밖에 없습니다. 그리고 솔직히 강심연 팀장이신 형님이 총대를 메야 한다고요. 저런 어린애가 나서려는 게 부끄럽지도 않으세요?"

끙. 노인은 틀린 말이 아니라 무어라 반박하지 못했다.

"계란으로 바위 치는 일이란 건 잘 압니다. 하지만 싸워보지도 않고 가만히 있을 수는 없잖아요."

경수가 말했다.

"그래도 우리끼리로는…."

노인이 말을 흐렸다. 그때까지 아무 말도 하지 않고 가만히 듣기만 하던 최태수가 입을 열었다.

"일을 크게 키울 겁니다."

뱃사공들이 그를 쳐다봤다.

6

"어, 송윤 자네 그 얘기 들었나?"

추를 단 것처럼 무거운 발걸음으로 퇴근하려는 송윤을 유교도의 팀장이 불러 세웠다. 눈부신 검은 정장을 빼입은 유교도 팀장의 머리칼이 조금 흐트러졌다.

"무슨 얘기길래 부산을 그리 떠나?"

"저승 관리부에서 그러는데 강심연에서 무슨 요구안 같은 걸 보냈다더군. 월급 인상과 인원 충당, 그리고 근무 환경을 건의했다던데. 이를 들어주지 않는다면 파업하겠다더군."

그 말에 헛웃음이 났다.

"아니, 여기가 무슨 이승이라도 되는 줄 아나? 저승에서 무슨 파업이야?"

송윤의 말에 유교도 팀장이 손을 내저었다.

"그리 웃어넘길 게 아니야. 진짜 벌일 요량인지 현수막도 걸고 제법 그럴싸해. 게다가 뱃삯 없어 건너지 못한 망자들까지 합세해 망자들의 권리를 보장하라고 시위 중이더라고. 지금 저승차사들 다녀가고 난리가 아니야."

"아주 분란을 일으키는구만. 애초에 죄를 짓지 말고 잘 살아서 일을 잘 골랐어야지. 지들이 강심연에 가겠다고 들어가 놓고 불만은."

"파업하면 송 팀장도 힘들어지지 않겠어?"

"내가 왜?"

"밀고 들어오는 망자들이 발이 묶일 테고, 그럼 그들의 안내자들을 더 투입해야 하는데 그걸 산수뢰 팀이 하지 않겠나?"

송윤은 눈살을 찌푸렸다.

"그게 무슨 개소리야?"

소리가 커지자 유교도 팀장이 손을 내저었다.

"뭐 그건 차차 알 것이고. 자네도 알지? 강심연 막내 김경수. 개가 총대를 멨다더군. 정도신 팀장이 노쇠해서 힘쓰는 건 자기가 하기로 했대. 우리 애들이 가서 보니까 웬 망자한테 자문받으면서 아주 결사 항쟁 의지를 보인다더구만. 이거 우리 유교도한테도 불똥이 튀는 게 아닌지 걱정이야."

송윤은 갈대밭을 헤쳤다. 뛰다시피 도착한 곳에서 강심

연의 나루터가 보였다. 어스름한 어둠을 밝히는 횃대와 모닥불 사이로 망자와 뱃사공들이 보였다.

곳곳에 내건 현수막이 불어오는 강바람에 펄럭였다.

살기 위한 결사 항쟁!

뱃삯 8할을 가져가는 저승! 배 수리비도 안 나온다! 임금을 인상하라!

근로 시간 준수하라! 죽지 못한다고 무시하냐!

위험천만한 뱃길! 수귀로부터 안전 보장이 될 때까지 투쟁 투쟁 투쟁!

그리고 한쪽에선 노숙 망자들이 모여 앉아서.

"죄를 지었다면 심판 후에 처벌하라!"

"망자들의 망권을 보장하라!"

앞에 나선 망자의 선창을 따라 부르짖고 있었다.

"긴 밤 지새우고, 풀잎마다 맺힌, 진주보다 더 고운 아침 이슬처어럼."

그러다 누군가가 노래를 부르기 시작하자 그것도 함께 따라 불렀다. 대체 저 노래가 뭐길래 다들 합을 맞춘 듯 따라 부르는가? 어안이 벙벙해진 송윤은 그들 너머에서 경수를 발견했다. 송윤이 팔을 들어 그를 부르려고 하는데 경수가 그 옆에 다가온 망자를 보고 히죽 웃었다.

송윤의 눈이 점점 커졌다. 유교도 팀장의 말에 설마설

마했는데 수귀도 물어가지 않는다는 누락자 그놈이었다. 일을 해결할 때까지 숨겨 놔도 시원치 않을 놈을 데려다가 파업 사태를 일으키는 경수의 저의가 궁금했다.

저승의 모든 이목이 이곳으로 쏠리고 있었다. 저승은 경수를, 그리고 저놈을 붙잡을 테고 세세한 이야기까지 나올 터였다. 송윤의 이름은 금방 드러날 것이었다. 그간 자신이 저지른 일까지.

그때 경수가 갈대밭 속에 서 있는 송윤을 발견하고 주위를 보더니 달려왔다. 송윤은 입을 꾹 다물고 뒷걸음질 쳤다. 경수가 그의 뒤를 따라왔다.

"팀장님, 아니, 무슨 일 있으십니까?"

"어어, 아니야. 큰일은 아니고 줄 게 있어서. 배에 두고 왔으니 거기까지 가자고. 큰일은 지금 자네가 하고 있잖은가."

둘은 어둠 속을 걷기 시작했다.

"에이, 큰일은요. 요즘 저희 뱃사공들이 너무 힘들어서요. 매번 윗분께 건의했었는데 들어주지도 않고. 언제까지 이럴 수는 없어서 좀 강경하게 의견을 말하기로 했습니다."

머저리 같은 놈! 경수의 말에 울분이 치솟았다. 저 살자고 날 죽이려 들어?

"그렇지. 힘들면 그래야지."

"그 망자, 아니, 최태수 씨의 도움이 컸습니다. 첨엔 협박하면서 끌어들이긴 했는데 점점 진심이 되어서. 남을 돕는 게 몸에 밴 망자더라고요. 팀장님이 강에서 건지셨을 때 그전 기억을 잃지 않았다면 아마 산수뢰나 어쩌면 유교도행이었을지도 몰라요."

"너 말이야."

그 말을 들은 송윤은 한 가지 의문이 들었다. 차갑게 식은 손끝이 품속에 있는 손전등에 닿았다. 숨겨 놓은 배 쪽으로 가까이 가면서 물었다.

"정말 그놈을 수귀의 먹잇감으로 준 거 맞아?"

송윤의 뒤를 따르던 경수가 걸음을 멈췄다.

"네?"

"아니, 그렇잖아. 수귀가 피한다는 게 말이 돼? 그런 말 들어봤어? 난 아니거든. 이거 순진한 놈인 줄로만 알았더니 누구를 엿 먹이려고."

"그게 아니고요, 팀장님."

"내가 그렇게 부르지 말랬지?"

강렬한 빛이 순식간에 경수의 시야를 파고들었다. 악하고 눈을 질끈 감자 송윤이 배에 기대어진 노를 붙잡고 휘청이는 경수에게 휘둘렀다.

쿵. 경수가 바닥에 쓰러졌다. 헐떡이던 송윤이 그를 향해 노를 더 내리치려고 할 때, 부스럭 소리가 들리더니 그곳에 최태수가 나타났다. 갑자기 사라진 경수를 따라온 듯했다. 송윤과 최태수의 눈이 마주쳤다. 송윤은 노를 든 채로 최태수에게 달려들었다.

7

빠르게 흐르는 물소리가 들려왔다. 격하게 흔들리는 배에 널브러졌던 최태수는 무거운 눈꺼풀을 밀어 올렸다. 저 높은 밤하늘에 초승달이 크게 일렁였다. 현기증이 나서 눈을 질끈 감았다가 떴다. 몸을 움직이자 손이 뒤로 묶여 있었는지 팔이 뻐근했다.

"머저리 같은 놈이 이 송윤을 속이려 들어?"

배를 젓는 송윤의 앞에 웅크린 채 눈을 감고 있는 경수가 보였다.

"불쌍해서 챙겨 줬더니 어딜 머리 꼭대기로 기어오르려고! 내 등에 칼을 꽂으려고!"

고개를 돌리니 저 멀리 불을 밝힌 나루터가 보였다. 이 길은 저승으로 가는 뱃길이었다. 최태수는 송윤이 왜 이

곳까지 자신과 경수를 끌고 왔는지 설핏 이해되지 않다가 주위에서 첨벙거리는 소리를 듣자 깨달았다.

송윤은 경수와 자신을 수귀에게 던지려는 것이었다.

"으으…."

정신이 드는지 경수가 신음을 흘렸다.

"네놈을 믿은 내가 잘못이지. 결자해지라고 했으니 내가 묶은 연 내가 없애야지."

송윤의 중얼거리는 소리에 상황 파악을 한 경수가 일어나려고 하다가 손이 뒤로 묶인 걸 알아차렸다.

"송윤!"

"어허, 이놈이 팀장이라 부르지 말라니까 바로 이름을 부르네? 고얀 놈."

"대체 왜 이러는 겁니까?"

최태수가 소리쳤다. 송윤이 힐끗 그를 쳐다봤다.

"그야 당신을 죽이라고 했는데 저놈이 그러질 않았으니까 내가 둘 다 처리해야 하지 않겠어? 생각해 봐. 당신만 여기에 빠뜨렸어도 내가 나서지 않았을 거 아냐. 무슨 말로 현혹했어? 파업하자고 멍청한 놈 꼬드긴 거야? 넌 그거에 넘어갔고?"

송윤은 그렇게 말하며 경수의 발을 툭툭 쳤다. 눈에 핏대를 세운 경수가 상체를 일으켰다. 최태수가 대신 변명했다.

"아닙니다. 경수 씨는 확실히 절 강에 빠뜨렸습니다."

"내가 그 말을 믿을 거 같아?"

"파업은 내가 생각해 낸 거야. 언제까지 약속도 안 지키는 네놈을 믿어야 하는데?"

경수가 소리쳤다.

"이 새끼가!"

송윤이 노를 꺼내 그를 두들겨 팼다.

끼에엑!

지척에서 수귀들의 소리가 들렸다. 흐트러진 머리카락을 정리하고 송윤은 자리에서 일어났다.

"뭘 서로 두둔하고 앉았어? 어쨌든 둘 다 죽을 텐데."

송윤이 경수의 멱살을 잡았다. 최태수는 힘겹게 일어나 송윤에게 달려들었다. 어깨로 들이받았지만 송윤이 팔을 휘두르며 그를 밀어냈다. 미끄러진 몸은 그대로 뒤로 곤두박질쳤다.

풍덩. 최태수는 코와 입으로 밀려드는 강물에 정신을 차릴 수가 없었다. 그리고 미끄덩거리는 살과 몸들이 그에게 부딪혀 왔다.

"최태수 씨!"

경수가 강에 빠진 최태수를 불렀다. 여전히 경수의 멱

살을 쥐고 있던 송윤이 몰려드는 수귀들 사이로 사라진 최태수를 찾으려고 기웃거렸다. 경수는 이를 악물고 누운 채 두 다리로 배의 양옆을 디뎠다. 몸을 물살에 맞춰 흔들었다. 작은 배가 금방이라도 뒤집힐 것처럼 휘청거렸다.

"뭐 하는 거야?"

금방이라도 균형을 잃을 것 같은 송윤이 다급히 난간을 붙들려고 몸을 틀었다. 그때를 놓치지 않고 경수는 발로 송윤을 걷어찼다.

"아악!"

풍덩. 강에 빠진 송윤이 허우적거리며 물 위로 나왔다.

"살, 살려, 아, 오지 마. 아아악!"

몰려든 수귀들이 서로 송윤의 몸을 차지하겠다고 물어뜯었다. 그러다 소용돌이치는 강에서 괴이한 기운을 감지하고 도망치기 시작했다. 저마다 송윤에게서 뜯어 낸 팔다리를 쥔 채로.

경수는 배를 기어 난간에 머리를 내밀었다. 겨우 머리를 내밀었던 최태수는 다시 소용돌이치는 물속으로 빨려 들어갔다. 그 밑에서 희미한 불빛이 보였다. 그를 향해 손을 뻗는 사람들. 긴가민가했지만, 다시 보니 저건 환영이 아니었다.

최태수의 머리가 나왔다. 경수는 소리쳤다.

"최태수 씨! 그냥 밀려드는 물살을 거슬러 가! 그곳에 당신이 있어야 할 곳이 나올 거야. 걱정하지 마. 여기도, 거기도. 당신 혼자만 있는 게 아니잖아! 늘 그랬던 것처럼 서로 돕고 살면 돼!"

후회하지 말고, 살기 위한 투쟁을 위해 가!

최태수는 물속으로 들어갔다. 그리고 다시 떠오르지 않았다.

작가의 한마디

"비정상을 정상으로 바꾸려는 노력이란 걸, 그들은 알려고도 하지 않았다."

본문에서 이 문장을 썼을 땐 별다른 생각이 없었습니다만, 다시 돌아보니 이 문장이 현재를 잘 표현한 글이란 걸 깨달았습니다. 입이 씁니다.

가스테라
작은 빵집, 스테라를 추억하며

은림

소설가, 편집자, 일러스트레이터, 오컬트 카드 제작자. 『윈드 드리머』, 『한국 환상 문학 단편선』, 『앱솔루트 바디』, 『오늘의 장르 문학』 등의 앤솔러지에 참여했으며 단편집 『노래하는 숲』을 출간했다.

1. 왕의 식탁

갓 내린 눈처럼 폭신한 생크림, 울타리 하얀 농가에서 만든 황금빛 버터 냄새, 아라비안 나이트 이야기 속 쫄깃하게 씹히는 무화과, 아몬드, 먼 나라의 열기를 품은 초콜릿, 새콤달콤하게 눈을 찌르는 한여름 햇살 같은 청귤 잼…. 넓은 지구에서 가장 멋진 보물들로만 한 줌씩 고른 재료가 효이 씨의 하얀 대리석 조리대 위에 놓여 있다. 그림책에서 본 임금님의 만찬 테이블 같다.

효이 씨는 희고 고운 밀가루를 더 곱게 채 쳐내 물과 우유를 넣고 버터와 크림으로 살결을 돋우어 말랑한 반죽을 만들었다. 밀고 접고 뭉치고 치대는 동안 부드러운 공기층이 반죽에 스몄다. 효이 씨는 진흙 덩어리에 숨을 불어넣어 인간을 만드는 신처럼 경건하고 세심하게 모양낸 빵을 빨갛게 가열할 오븐에 넣으며 입모양만으로 속삭였다.

"빛이 있으라."

내가 말하자 효이 씨가 킥킥 웃었다.

"그런 말 안 했어."

내가 말했다.

"하셨을 거예요."

효이 씨가 고개 저었다.

"안 했다니까?"

내가 냉큼 말했다.

"그래서 제가 대신 한 거예요. 반죽에 우유랑 물로 피를 돌게 하고 숨을 불어 넣으셨잖아요. 하느님이 인간을 만드실 때처럼요. 성경학교에서 배웠어요."

효이 씨는 등 돌린 채로 아무 말도 없었다. 성경 얘기가 불편했을까? 아니면 빵 만드는 일을 신이 하는 일에 빗대서 너무 불경했을까? 나는 효이 씨의 종교도, 효이 씨가 몇 살인지도 몰랐다. 어른들 나이는 알기가 어렵다. 겹겹한 크루아상처럼 주름진 얼굴과 자그마한 몸, 모닝빵처럼 둥글게 굽은 등과 섬세한 목에 이어진 두꺼운 팔뚝의 효이 씨는 빵 가게 액자 속에 그려진 개구진 요정 같기도 하고 심술궂은 난쟁이 같기도 했다. 웃을 때 두 볼이 사탕을 문 것처럼 동그래지는 건 우리 엄마가 웃을 때랑 똑같다.

"저어… 장난이었어요."

쉼 없이 손을 놀리던 효이 씨가 물었다.

"학원은 몇 시에 가니? 영어야? 재미있어?"

나는 조금 안도했다.

"몰라요."

나는 효이 씨의 어깨 너머에 걸린 액자 속 요정들 수를 세었다. 가려진 채 모자만 보이는 것도 세어야 할지 고민되었다. 효이 씨도 내가 귀찮아진 걸까? 이제 그만 가야 할까? 걸터앉은 의자가 바늘방석처럼 느껴지는데 효이 씨가 내 앞에 과자 반죽 판을 내려놓았다.

"재미없는 질문이었지?"

효이 씨가 킥킥 웃었다.

"오늘은 엄마가 늦으시네? 거기 초콜릿이랑 건포도로 눈이랑 단추를 좀 달아 줄래?"

"네!"

너무 신났다. 나는 주방에 들어오기 전에 씻은 손을 다시 한 번 깨끗이 씻고 건포도 통을 꺼내 자리에 앉았다. 효이 씨 주방의 규칙은 간단했다. 손댄 것은 끝까지 할 것, 불과 오븐을 조심할 것.

엄마가 퇴근길에 간식 빵을 사러 들를 때까지 나는 효이 씨 가게에 있었다. 넓은 창밖의 하늘에서 파란색, 보라색, 붉은색이 겹쳐져 거대한 무지개처럼 변하고, 구름은

지는 해의 선명한 오렌지색 광채를 머금고 동쪽 하늘에서 부풀었다. 빛나는 구름 속에는 동화책에서 본 진주빛 궁궐이 있고, 길게 펼쳐진 하얀 식탁보 위에 색색의 아름다운 접시와 맛있는 음식들이 차려져 있을 것 같았다. 환상의 궁궐에 불이 꺼지자 밤이 살금살금 다가오는 고양이처럼 창밖에 와 있었다. 효이 씨는 부드러운 미색 등으로 빵가게 처마를 밝혔다. 나는 그릇 속의 건포도가 점점 사라지는 걸 안타까워하면서도 과자에 단추 다는 일을 게을리하지 않았다. 마음 같아서는 10분에 한 개씩만 달면서 밤새워서 효이 씨와 주방에 있고 싶었다. 하지만 그래선 안 된다는 걸, 이걸 잘하지 않으면 효이 씨가 일을 맡기지 않을 거고 그러면 같이 있을 수 없다는 것도 알고 있었다.

주방은 아이들에겐 금지된 곳이다. 집 부엌에서도 칼이나 가스레인지는 위험하기 때문에 만질 수 없었고 기껏 쓸 수 있는 건 전자레인지 버튼 몇 개뿐이었다. 효이 씨는 주방의 규칙을 철저히 외우게 한 다음 내 자리를 만들어주었다. 오븐에서 가장 멀고 탁자 바로 옆에 밀가루 포대가 쌓인 아늑한 곳이었다.

처음 효이 씨 가게가 문을 열었을 때 엄마와 나는 한참 가게 앞에 서 있었다. 멋진 음료가 나오는 카페나, 맛있어

보이는 쿠키 가게인데 정작 아이들은 못 들어오게 하는 가게가 꽤 있었다. 어른들만 가는 음식점도 아이들에겐 금지였다. 효이 씨가 문 앞까지 나와서 들어와도 된다고 말하자 엄마는 나를 가리키며 같이 들어가도 되냐고 다시 물었다. 찌르는 듯 허공에 걸린 엄마의 손가락이 나는 슬 펐다. 내가 없으면 엄마는 가게에 들어갈 수 있었을 텐데. 그 손가락이 가리킨 나는 엄마의 즐거움까지 빼앗는 걸림 돌 같았다.

그 뒤로 엄마는 자주 효이 씨 가게의 빵을 샀다. 사실 효이 씨 가게의 빵만 샀다. 하지만 다른 손님들처럼 효이 씨의 실력을 추켜세워 주면서 자기 입맛이 얼마나 까다로 운지 자랑하거나, 가족들이 효이 씨 빵만 찾는다고 다 팔 린 빵을 지금 새로 만들어 달라거나, 잔뜩 예약해 놓고 나 타나지 않는 일은 하지 않았다. 엄마는 효이 씨가 신상을 내면 꼭 주문해서 이모들에게 선물하고 간식거리로 회사 에 가져갔다. 엄마는 가끔 집에 먹을 빵이 남아 있어도 효 이 씨가 문 닫을 시간까지 빵이 남아 있으면 사다가 냉동 실에 넣기도 했다.

"빵 가게가 쉬는 날 먹으려고 저장하는 거야."

엄마가 말했다.

"사장님은 당일 날 먹는 게 제일 맛있대."

엄마 앞에서는 효이 씨를 사장님이라고 불렀다. 하지만 효이 씨는 둘만 있을 때 효이 씨라고 불러도 된다고 했다. 어른 대접을 받는 기분이었다.

"사장님한텐 비밀이야."

엄마가 말했다. 나도 그쯤은 알고 있었다.

"너 요즘 거기서 놀지? 너무 오래 있지마. 사장님은 많이 바빠. 귀찮게 하면 안 돼."

가슴에 꽉 막힌 수도꼭지가 꿀렁였다. 내겐 안 되는 일이 너무 많은데 한 가지가 또 추가되었다. 공처럼 부푼 수도관에 물이 한 바가지 더. 이제 한 방울만 더하면 터져버릴 거 같았다.

"인사하는 것도 안 돼?"

학교에 가는 길은 언제나 무섭고 불안했다. 익숙한 집을 나와 부산한 자재 시장의 차와 물건들 틈새를 비집고 모르는 아이들과 모르는 어른들이 가득한 낯선 곳으로 가야 한다. 세상은 전부 어른들 거라서 나에게 열린 곳은 문구점과 떡볶이 가게뿐이었다. 그런데 환하게 불 켜진 빵집 안의 효이 씨에게 인사를 하고 나면 발걸음에 힘이 붙고 학교에 갈 용기가 났다.

"인사는 괜찮아. 사장님이 주방에서 일하시는데 부르면 안 되고. 밖에 나와 계실 때만 해."

그렇게 어쩌다 보니 나는 효이 씨와 친해져 있었다. 효이 씨는 아이들에게 금지된 주방에 기꺼이 들여보내 주었고, 한구석에 자리를 만들어 해야 할 일을 일러 주었다. 규칙만 잘 지킨다면 반죽도 만지고 건포도와 호두로 만든 빵 인형도 받을 수 있었다. 내가 직접 만든 빵 인형을 가질 수 있다는 건 어떤 장난감보다 멋졌다. 밀가루 반죽은 문방구에 잔뜩 파는 슬라임보다 촉감도 냄새도 훨씬 좋았다. 슬라임을 만지고 놀다 보면 손바닥이 가렵고 눈이 쓰라렸는데 밀가루 반죽은 입에 들어가도 쌉쌀 시금털털할 뿐이었다. 거기에 설탕과 버터가 들어가면 천상의 간식으로 변신하는 것도 너무 멋졌다.

"또 사장님 주방에 들어갔니? 그러지 말라고 했잖아."

집에 돌아오는 길에 엄마가 말했다.

"조른 거 아니야. 그냥, 도와달라고 하셨어."

내가 말했다. 혼날까 봐 목소리가 점점 작아졌다.

"네가 들어간 걸 보면 다른 애들도 들어가고 싶어해. 그러면 사장님만 난처해진다고. 사장님이 착해서 네가 귀찮게 하는 걸 참아 주시는 거니까 잘 지내고 싶으면 폐 끼치지 말아야지."

"엄마는 내가 귀찮아?"라는 말을 차마 입 밖에 내지 못했다. 말해 버리면 진짜가 될 거 같아서.

효이 씨와 빵 가게는 어느 날 갑자기 사라졌다. 남아 있는 건 뜯어내지 못한 하얀 선반과 흰색 페인트칠뿐이었다. 나는 어린아이였고 학교에 다니고 있었기 때문에 가게가 사라지는 걸, 효이 씨가 가 버리는 걸 보지 못했다. 어른들은 아이들에게 아무것도 이야기해 주지 않는다. 어른들은 아이들을 아무것도 모르고, 알아서도 안 되는 존재로 취급한다. 그래서 나는 효이 씨가 왜 일을 그만두었는지, 어디로 갔는지 알 수 없었다.

엄마는 냉동실에 마지막 남은 효이 씨 빵을 내 간식으로 데워 주었다. 전자레인지를 열기도 전에 달콤한 메이플 향이 집 안에 확 퍼졌다.

"엄마도 같이 먹어."

"그럴까?"

마트에서 사 온 다른 빵이 있지만, 우리는 그 조각을 나눠 먹었다. 부드럽고 쫀득한 식감이 혀와 이 사이로 녹아 사라지고도 따뜻한 잔향이 오래 입안에 남았다. 빵을 다 먹은 엄마는 흰 접시를 물끄러미 보았다. 나는 엄마가 뭔가를 말할 거 같아서 기다렸다. 엄마는 일어나서 접시를 치웠다.

"엄마, 사장님은···."

결국 내가 물어보려는데 엄마가 가로챘다.

"이 닦고 자야지. 가방은 다 썼니?"

지치고 귀찮은 음색이었다. 어른들이 아이들에게 아무 것도 말해 주지 않는 건 알면 안 되어서가 아니라 그냥 귀찮기 때문일지도 모르겠다.

빵 가게가 있던 자리에 어느 날 파란 페인트가 칠해지고 영어로 쓰인 파란 간판이 붙었다. 그리고 다시 빵 가게가 열렸다. 나는 효이 씨가 돌아온 게 너무 기뻐서 등굣길에 문이 열린 것을 보자마자 달려 들어갔다.

"안녕하세요!"

반가운 내 인사에 대답한 건 효이 씨가 아니라 유니폼 차림의 점원이었다.

"안녕? 뭘 줄까?"

그렇게 물으면서 점원은 내 등너머를 보았다. 나는 어리둥절해져서 빵 가게 안을 둘러보았다. 효이 씨는 주방에 있는 걸까? 엷은 갈색으로 꾸며진 좁은 빵 가게 안은 판매용 빵들로만 꽉 채워져 있었고, 주방은 없었다. 다른 공간이 없다는 건 내가 더 잘 알았다. 잠시 기다려 보았지만 효이 씨가 나타나진 않았다.

"엄마 기다리니?"

점원이 다시 친절하게 물었다. 눈은 목소리만큼 친절하

지 않았다.

"저기… 효이 씨, 아니 사장님요….."

점원이 고개를 갸우뚱했다.

"응? 여기 사장님은 나란다."

나는 어리둥절한 채 한참 서 있다가 빵을 고르려고 했다. 내 주머니에는 노트나 연필, 스티커나 사탕을 살 수 있는 1000원이 있었다. 하지만 1000원짜리 빵은 없었다. 그냥 아무것도 사지 않고 나와도 된다는 걸 그때는 몰랐다. 나는 겨우겨우 작은 냉장 진열대에서 600원짜리 슈크림을 찾아냈다.

"이거… 하나요."

점원은 적당히 예의바르고 싸늘하게 슈크림 하나를 봉지에 넣고 400원을 거슬러 주었다. 나는 도망치듯 가게에서 달아났다.

등굣길에는 아이들이 한 명도 없었다. 지각이었다. 화창한 아침인데도 시커멓게 보이는 보도블록을 보면서 나는 억지로 학교에 도착했다. 교실 문을 열자 수업에 집중하던 아이들의 시선이 따갑게 쏟아졌다. 선생님은 "왜 늦었니?" 하시고는 얼른 앉아서 수업을 받으라고 하셨다. 나는 그날 급식을 먹고 토했고, 열이 올라 조퇴를 해야 했다. 선생님이 엄마에게 전화를 걸었지만 일하는 중이라 나를 데리러 올 수가 없었다. 나는 보건실에서 수업시간을 다 채우고 다시 시꺼먼 하굣길을 비칠비칠 걸어 집으로 향했다. 빵 가게에서 맛있는 냄새가 풍겼다. 나는 그쪽을 보지 않으려고 애썼다. 그리고 다음부터는 그 길로 다니지 않았다.

엄마는 이제 냉동실에 빵을 쟁이지 않았다. 나는 가끔 냉동실 문을 열고 빵이 있던 빈 자리를 보다가 엄마한테 야단을 맞았다.

"전기세 많이 나와. 냉장고도 고장난다."

"엄마. 사장님은 어디 갔어?"

냉장고 손잡이를 쥔 채 마침내 그 물음이, 울음이 터져 나왔다. 꼭 막은 수도꼭지가 뚝뚝 새 버렸다.

"너…"

엄마는 냉장고 문을 닫고 무릎을 쪼그리고 나와 마주 보았다.

"일이 많이 힘드셨대. 감기를 한 달 넘게 앓고 계셨어. 갈비뼈가 부러지셨대. 기침을 많이 하면 그렇게 되기도 한대."

엄마는 효이 씨가 왜 가게를 닫았는지 알고 있었다. 그런데 나에겐 알려 주지 않았다. 왜 어른들끼리만 모든 걸

다 알고 다 해결해 버리는 걸까. 나는 화가 났고 샘도 났다. 엄마는 나만큼 효이 씨와 오래 있지 않았다. 효이 씨의 주방에 들어가 본 적도 없었고 같이 빵 반죽을 만들어 보지도 않았다. 엄마는 빵을 고르고 돈만 냈다. 그런데 나보다 효이 씨에 대해 많이 알고 있었다.

"학교 가기 싫어…."

"갑자기 왜?"

"선생님도 무섭고 애들도 나랑 안 놀아 줘…."

사실이 아니다. 선생님은 단호하지만 상냥했고 반 애들은 다들 착했다. 나는 그저 낯선 공간으로, 모르는 사람들을 헤치고 등대도 없는 길을 갈 용기가 나지 않았다.

"등굣길도 너무 무서워…."

엄마는 천천히 내 등을 쓸어 주었다.

"엄마도 가끔 사장님이 네가 지나갔다고 문자를 주시는 게 참 안심이 됐었는데. 우리 꼬맹이를 같이 지켜 주는 거 같아서."

나는 오랜만에 아기처럼 웅크려 엄마에게 안겼다. 엄마 냄새가 좋았다. 실컷 울고 났더니 잠이 쏟아졌다.

"효이 씨가… 다시 올까?"

이 말이 졸린 내 입 밖으로 흘러 나갔는지 아닌지 모르겠다.

그때 오븐에 빵을 넣으며 효이 씨가 입속으로 중얼거린 말은 뭐였을까?

2. 왕의 제빵사

첫차를 타고 오는데도 항상 교육 기사가 나보다 먼저 와서 오븐을 데우고 있었다. 나는 그 사람이 언제 어디서 나타나는지, 혹시 오븐 속에 사는 것은 아닌지 의심했다.

"춥지요? 커피 한 잔 줄까요?"

그건 그냥 인사였다. 숨 돌릴 틈 없이 당장 일을 시작해도 점심 먹을 짬을 내기가 힘들었다.

"괜찮아요."

나는 한때 끝이 뾰족하고 나긋나긋했을 그의 굵은 손가락을 바라보았다. 내 손도 별로 다르지 않았다.

시계를 볼 틈이 있는 건 교육 기사였지만 점심 때가 되면 나도 알았다. 빵 냄새에 질렸다고 생각하는데도 점심 때가 되면 괴롭도록 달콤했다.

"이거 끝내면 밥 먹으러 가도 돼요?"

내 질문에 교육 기사의 얼굴에 당혹감이 스쳤다.

"1시부터 케이크 시작해야 5시에 끝낼 수 있어요."

12시인데도 아직 반죽이 덜 끝났다. 오늘도 점심 식사는커녕 케이크 만들고 뒷정리와 내일 판매할 생지들 숙성과 샌드위치 밑재료들을 준비하자면 저녁도 못먹고 10시가 되어 있을 거다. 운이 좋다면 9시 50분이고.

빵은 정직했다. 반죽도 숙성도 꼭 걸리는 시간만큼 걸린다. 더 빨리 더 많이는 불가능했다. 아무리 숙련도가 높아져도 중간에 실수하는 빈도만 줄어들 뿐 빵을 더 많이 만들 수는 없었다.

원래는 출근 시간이 아침 7시고 퇴근 시간은 오후 5시였다. 하지만 어느 샌가 첫차 시간과 막차 시간이 출퇴근 시간이 되었다. 그날그날 내가 쳐내야 할 물량이 있었고 매장 손님들은 찾는 빵이 없으면 매정하게 발을 돌렸다. 모닝빵을 사러 온 손님에게 점심때 먹을 소시지 빵과 간식으로 먹을 크루아상을 한꺼번에 팔기 위해, 나는 가능한 한 아침이 오기 전에 모든 구움 빵을 만들어 내야 했다. 그리고 점심때 날개 돋친 듯이 팔릴 샌드위치를 신선하게 내기 위해 오전 내내 빵을 썰고 야채를 씻고 속을 넣기를 서둘렀다. 해도 해도 수백 개의 빵을 손님들이 원하는 바로 그 시간에 낼 수가 없었다. 일부 빵을 완제품인 채로 본사에서 납품받고, 모든 반죽이 생지인 채로 가장 중요한 장식과 필링만 마지막에 올리도록 세팅되어 나온

다 해도, 초보 기사에게 주어진 물량은 가혹했다.

실수에도 가혹했다.

"빵을 망치면 월급에서 까요…."

처음 교육 받는 동안 몇 번은 모양이 망가지고 조금 덜 구워지거나 더 구워지거나 재료가 충분히 들어가지 않은 빵들이 더러 나왔다. 배도 고프고 점심시간도 따로 없던 참이라 폐기된 것을 두어 개 먹었는데 마침 화장실을 다녀오던 교육 기사가 무척 미안한 투로 말했다. 내 월급은 120만 원이었고 아직 수습 교육 기간이라 절반밖에 나오지 않는데 거기서 폐기된 빵 값을 깐다니, 벼룩의 간을 내어 먹자는 말이었다.

"어… 얼만데요?"

목소리가 조그맣게 나왔다. 설마 정가는 아니겠지? 정가라면 어쩌지? 오늘 폐기 분량이 대체 얼마어치지? 내가 그 돈을 낼 수 있나? 주머니에 1000원짜리 달랑 넣고 빵집에 뛰어 들어간 어린애가 된 기분이었다. 그때는 세상의 룰을 몰랐고 지금은 직장의 룰을 몰랐다. 여기선 아무도 흔히 저지를 수 있는 실수와 안전사고에 대해 미리 경고해 주지 않았다. 폐기된 재료를 먹으면 안 된다거나 겹쳐 둔 철판이 아직 식지 않았다는 것도 알려 주지 않아서 뒷정리를 하다 자주 데였다.

"20프로 할인요. 이번 건 너무 양이 많은데…."

교육 기사는 모양이나 굽기가 적당하지 않아 폐기 처리된 빵 봉지와 나를 번갈아 보았다.

"점주님께 생지 가격에 해 달라고 말씀드려 볼게요."

교육 기사가 면담하러 간 동안 나는 손을 놓지 않고 빵을 굽고 포장했다. 몸을 움직이지 않으면 숨도 쉬어지지 않을 것 같았다. 주어진 분량을 마친 후 밀가루 포대를 풀어 반죽을 시작했다. 대부분의 빵이 완제품이나 생지 상태로 점포에 오기 때문에 직접 반죽부터 만들 일은 많지 않았다. 그래도 여기서 바로 구워야 하는 기본 빵이 있기 때문에 제빵 도구는 갖춰져 있었다.

"점주님과 얘기 잘 됐어요. 그렇게 해 주시겠대요. 원래는 파는 대로 이익인 거라 점주님이 손해 보시는 거래요. 그리고 저게 너무 많아서…."

교육 기사는 빵 봉지를 가리키며 말했다.

"부족한 분은… 제가 좀 냈어요."

"네?"

정말로 깜짝 놀랐다. 지금껏 무뚝뚝하게 일만 가르치던 인상과 전혀 다른 처사였다.

"신경쓰지 마요. 회사에서 쬐끔 사원 복지금 나오는 게 있어요. 그걸로… 음, 처리하면 돼요."

너무 고마우면 고맙다는 말이 나오지 않는 거구나. 그때 처음 알았다. 통장에 잔고가 넉넉했다면, 내가 좀 더 잘했다면 이런 난처한 일은 없었을 텐데. 초보와 신입과 미숙을 용납하지 않는 회사도 좀 너무했다. 신입이라고 월급도 반밖에 안 주면서 실수하는 빵 값까지 까다니.

"근데, 그건… 뭐예요?."

교육 기사가 내 앞에 쌓인 하얀 밀가루 성을 넘겨다 보았다. 나는 재빨리 몸으로 반죽을 가렸다.

"아무것도 아니에요. 오늘 오후 빵은 저쪽에 있어요."

교육 기사는 차곡차곡 싸인 빵들을 점검하고 시계를 보았다.

"그럼 오븐과 빵 판을 넣고 퇴근… 할까요?"

처음으로 제시간에 퇴근한 날이었다.

그날 만든 반죽은 내 냉장고 속에 있다. 가정용 오븐은 그 크기의 빵을 한 번에 구워 낼 수 없어서 반죽을 잘라 각자 구운 다음 레고처럼 다시 조립하고 모양이 무너지지 않도록 당질을 입혔다. 바스라진 부분을 보충하기 위해 새로 반죽을 만들어 치대는데 저절로 만족스런 한숨이 흘러나왔다. 부드럽고 탄력 있는 반죽의 촉감, 살아 있는 효모 냄새, 눈처럼 곱게 쌓이는 밀가루 채 질, 손가락에 녹아 달라붙는 버터, 사그락거리는 호두알, 덩어리 진 카카오 버터의 무게, 발로나 초콜릿 75프로의 향기, 언제나 달콤한 화이트 초콜릿, 깰 때마다 마음도 깨질 거 같은 통통한 계란, 온도에 따라 변화무쌍한 설탕의 모양, 순금처럼 아끼는 바닐라유의 뚜껑 앞에서 나는 그저 감탄하고 황홀할 뿐이었다. 나는 빵 만드는 일이 좋았다. 좋아하는 일을 하면서 돈을 벌고 먹고살고 싶었다. 하지만 현실은 녹록지 않았다. 빵을 만드는 일은 시간이 많이 들었고 수입은 적었다. 일단 취업을 해서 내 가게를 낼 돈을 모으자고 생각했지만 현실은 오늘을 버티려면 내일을 빚내야 했다. 무엇보다 열 걸음마다 마주치는 프랜차이즈 빵집과 베이커리 겸 카페들 틈을 비집고 들어가 버틸 자신이 없었다. 내 가게를 내려면 실력이 정말 뛰어나거나 유학을 다녀왔거나 가게가 자리 잡기까지 몇 달 월세쯤은 거뜬히 버텨줄 든든한 뒷배나 창의적인 아이디어나 엄청난 마케팅이 필요했다. 내겐 아무것도 없었다. 열심히 일할수록 쌓이는 건 돈이 아니라 피로뿐이었다.

냉장고에 칸을 나누는 선반을 전부 빼내자 겨우 조립한 과자 성이 들어갔다. 어차피 그 안엔 우유랑 콜라밖에 없었다. 집에서 잠만 자고 나가기 바빠서 식재료를 사도 음식을 만들거나 먹을 시간이 없다는 걸 깨닫고 장보기를 그만두었다. 매일매일 제대로 먹지도 못하는데 내 몸은 10킬로나 불었다. 나는 자책 대신 불 위에 물을 끓이고 카카오 버터를 녹였다. 차가운 쟁반에 템퍼링해서 과자 성을 장식할 예쁜 조각들을 잘라내고 나니 저녁이었다. 나는 남은 초콜릿 조각들을 몇 개 우물거리며 나머지를 밀봉해 넣고 오랜만에 만족스러운 휴일을 마무리하며 잠자리에 들었다.

꿈속에서도 나는 초콜릿을 끓이고 있었다. 거대한 냄비 속에 걸쭉하게 녹은 초콜릿이 검은 비단 같은 광택을 띠고 거실로, 길로 강물처럼 끝없이 흘러 넘쳤다. 아이들은 초콜릿 강 속에서 먹고 헤엄치며 웃음을 터뜨렸다. 비눗방울 같은 웃음 소리는 무지갯빛 별사탕이 되어 하늘에 점점이 박혔다. 강물은 흘러흘러 바다와 만났고 종이로 만든 조각배가 둥실둥실 떠다녔다. 조각배 위에는 작은 탁자가 있었는데 군침이 돌 만큼 선명한 무지개색 음료가 놓여 있었고, 누군가 하얀 파라솔 밑에서 그 잔을 들어 입으로 가져갔다. 크게 웃음 진 입가의 주름이 낯익었다. 누구였더라.

3. 왕의 심부름꾼

"그렇게 힘들면, 그냥 회사원이라고 생각해. 제빵사가 아니라. 제빵사 일은, 네가 가게를 내면 그때부터인 거야. 어때?"

빵 만드는 일의 괴리와 피로에 대해 하소연을 들은 친구 중 하나가 말했다. 그 말은 제법 효과가 있었다. 내가 하는 일이 제빵이 아니라 내 빵 가게를 차리기 위해 회사에 다니면서 돈을 벌고 있다고 생각하자 버텨 내기가 한결 수월했다. 진짜 빵을 만드는 일은 휴일에 오직 나를 위해서만 했다.

아르바이트로 시작한 일이 어쩌다 보니 신입 기사로, 일이 능숙해지자 다른 지점의 휴일을 책임지는 파견 기사로 계속 업무가 바뀌었다. 나름 승진이라고 생각했지만 월급의 앞자리 숫자는 도무지 변하지 않았다. 파견 기사가 하는 일은 제빵사가 쉬는 지점이 문을 닫지 않도록 대신 가서 일해 주는 것이었다. 365일 쉬지 않고 열려 있는 프랜차이즈가 가능한 게 바로 이런 시스템 덕이었다.

파견 일은 출근처가 무작위였고 근무일과 휴일이 들쭉날쭉이었다. 파견 일정이 없을 때면 강제 휴무인데, 그렇게 빠지는 날은 급료를 쳐 주지 않았다. 제일 불편한 건 회사의 편의에 의한 강제 무급 휴가에 내가 가진 휴가를 써야 하는 것이었다. 그래서 막상 내가 아프거나 다른 용무로 쉬어야 할 때는 휴가가 남아 있지 않았다.

회사가 자기들 마음대로 나를 오라 가라 하고 돈도 마음대로 주고 뺏고 휴일조차 오락가락하는 바람에 나는 정말로 지쳐 버렸다. 내가 사표를 쓸 의사를 비치자 회사는 재빨리 나를 교육 기사로 승진(?)시켜 주었다. 고정적인 장소로 출퇴근하게 되자 생활이 한결 안정이 되었다. 그러나 쉴 틈 없이 무지막지한 12시간 노동은 여전했다.

새로 시작된 교육 기사 업무는 옛날의 나 같은 신입을 가르치는 일이라 짠하고도 보람찼다. 월급도 조금 늘어서 매달 통장을 보는 재미도 생겼다. 그런데 어느 날 갑자기 100만 원이 차감된 채로 월급이 나왔다. 잘못 입금된 걸까 두어 달을 기다려 보니 차감된 채로 나오는 달 수만 늘어날 뿐이었다. 결국 본사에 전화를 걸었다. 본사 담당자의 설명을 종합해 보니 승진으로 오른 고정 수입이라고 생각한 금액은 신입 기사를 가르친 특별 수당이었고, 내가 가르친 신입 기사가 그만두거나 전출을 가면 교육 실패로 간주해 이미 받은 교육 수당을 까는 거였다. 내가 열심히 구운 빵이 실패했다고 급료에서 깐 것처럼.

이번엔 정말 그만두고 싶었는데 집주인이 월세를 올려 버렸다.

삶이 두렵고 허무하고 허기질 때마다 나는 냉장고 속 과자 성의 장식을 좀 더 세밀하게 추가하고 옆에 마구간 과 창고와 별채를 덧대고 쿠키와 설탕 과자 동물들을 만 들어 넣었다. 바빠서 만나지 못하는 친구들에게 빵과 과 자로 안부를 나누고 가끔 유튜브로 멍하니 지난 방송을 돌려 보았다. 연애를 할 시간, 돈, 체력, 꾸밈, 네 가지 중 단 한 개도 갖추지 못한 사이 30대 중반이 된 나를 보면 한숨이 날 때도 있었다.

"오늘 본사 매니저가 온대요."

아침 빵을 끝내고 사장이 그 말을 전해주었다.

"왜요?"

"어휴, 매장 점검이죠. 전날도 아니고 당일 알려 주면 어떡한담. 바빠 죽겠는데. 미안하지만 케이크 쇼 케이스 랑 빵판 아래까지 싹 다 한 번 청소해 줘요. 주방 미사용 집기 정리도 잊지 말고요."

바쁜 오전이 더 정신없이 바빠졌다. 나는 신입 기사에 게 주방 정리를 맡기고 빵을 진열하는 틈틈이 구석구석을 닦아 냈다. 빵을 고르는 손님들이 계속 오가기 때문에 전부 꺼내 놓고 닦을 수가 없었다.

"계산이요!"

사이사이 주문도 받고 커피도 내리느라 사장님과 손발을 맞춰도 바빴다. 본사에서 나오는 매니저는 늘 같지는 않지만 빵을 사러 오는 손님과는 문을 열 때부터 달랐다. 문 앞에서 충분히 청결한지 한 번 훑어보고 바로 계산대로 걸어온 남자는 내가 아는 얼굴이었다.

"어?"

제빵사 자격증을 딸 때 같은 학원에서 공부했던 원영 오빠였다. 아줌마랑 여자들만 있는 곳이라 인기가 하늘을 찔러서 같이 작업대를 써 본 적도 없지만 얼굴은 분명히 기억났다. 그의 반짝이는 명찰이 보이자마자 나는 고개도 돌리지 않고 번개처럼 매장을 스캔했다. 빵들은 시간 안에 다 나왔나, 모양과 굽기는 적당한가, 쇼 케이스의 케이크는 빠짐없이 들어 있나, 커피 머신의 상태는 어떤가, 샌드위치 부재료는 신선하게 보존되고 있는가, 부엌과 홀의 청소 상태는 깨끗하고 디스플레이는 모두 제자리에 있는가, 품절에 대비한 물품은 얼마나 준비되어 있는가, 유리창은 충분히 투명한가.

"점장님은 저쪽에 계세요."

나는 얼른 커피 내리는 사장님 쪽으로 상황을 떠넘겼

다. 점장은 그와 인사를 나누고 커피 한 잔을 대접했다. 그는 커피를 마시지 않고 매장을 점검했다. 그리고 점장이 아니라 나에게 바로 왔다.

"잠깐 이쪽으로…."

나는 뭘 지적당할지 몰라 바짝 얼어서 그를 따라갔다. 신입 기사가 나 대신 점장님과 보조를 맞추러 계산대로 나갔다. 나는 뻣뻣이 서서 매니저의 입에서 잔소리가 쏟아지길 기다렸다.

"우리 8년 전에 경기 교육원에서 같이 배웠는데. 나 기억나? 장원영. 네가, 음… 취직할 줄 몰랐는데… 가게를 내고 싶어 했잖아?"

나는 그가 나를 기억한다는 것에 깜짝 놀라고 조금 황망했다.

"아… 네…."

다행히 혼나는 건 아닌가 보다.

"퇴근이 몇 시지?"

그가 시계를 보았다.

"10시…요."

나는 대화가 흘러가는 방향을 모른 채 대답했다.

"끝나고 잠깐 만날래? 10시는 조금 늦고 9시 반은 어때? 내가 점장님께 말해 줄게. 요 앞에 돼지갈비 무한 리필 집

있어. 내가 살게."

그는 내 대답을 듣지 않고 나갔다. 밖에 손님이 잔뜩 밀려 있었다. 나는 눈짐작으로 샌드위치 매대의 남은 수량을 어림해 재료를 채워 내갔다. 커피를 내리던 점장님이 눈짓했다.

"뭐래요? 문제 있대요? 왜 보자는 거래요?"

나는 고개 저으며 어깨를 으쓱했다.

"모르겠어요."

저녁이 또 바쁘게 갔다.

그는 약속대로 9시 반에 무한 리필 집에 앉아 있었다. 배가 많이 나와서 정장 셔츠가 불편해 보였다. 8년 전에는 날씬했는데. 아, 근데 실기 패스를 못한 걸로 아는데 언제 입사해서 벌써 매니저가 된 거지? 내가 머리와 눈을 굴리는 사이 불판 위의 돼지고기가 맛있는 냄새를 내기 시작했다. 생각지도 못한 허기가 밀려왔다. 고기라니, 그것도 밖에서 먹는 고기라니. 얼마나 오랜만인지. 나는 원영 오빠의 입에서 무슨 얘기가 나오기도 전에 양껏 쌈을 싸서 입에 욱여넣었다. 오빠는 뭔가 말을 이으려다가 웃음을 터뜨렸다.

"그래, 먹자 먹어. 먹고살자고 하는 건데."

그는 젓가락을 깨작이며 내 배가 차서 자기 말이 들릴 때까지 기다린 다음 용건을 시작했다.

"너 노조 안 들었더라."

원영 오빠의 입에서 나온 말은 내가 생각한 것들과 완전히 어긋났다.

"노조요? 음… 아마 그럴걸요."

가끔 가입 권유를 받긴 했지만 무슨 일을 하는지도 모르겠고 매달 나가는 노조비도 아깝고 그 돈으로 적금이나 드는 게 낫겠다 싶어서 들지 않았다. 가입 권유서가 계약서 밑에 깔려 있어서 깜박 그냥 사인할 뻔했지만 가입비를 낸다는 말에 눈에 불을 켜고 조항을 읽어 보니 의무가 아니길래 거부했다. 근로 계약서를 내민 선임은 당황한 눈치였지만 내가 하도 돈돈 하며 징징댄 탓에 결국 물러났다.

"그럼 나랑 같은 데 들자."

갑자기 원영 오빠의 눈이 활기를 띠었다. 나는 불판에서 조금 물러났다.

"소주 마실래?"

오빠가 의자를 당겼다.

"맥주요."

분명 사 준다고 했으니까 실컷 먹어야지. 그 생각밖에

없었다. 사회 초년생 때는 더치페이다 얻어먹기 불편하다 세상에 공짜는 없다고 예민각을 세웠지만 이제 나도 연차가 붙었고 뻔뻔할 때도 알고 비빌 줄도 알았다. 나이 먹는다는 게 이런 걸까. 칼날처럼 날카롭고 예민하고 섬세하게 '나'라고 규정했던 경계들이 흐려지고 무뎌지고 뒤엉킨다. 그리고 점점 내가 진짜 어떤 사람인지 알게 된다.

원영 오빠는 이슬이 맺힌 차가운 맥주를 잔에 따라 주고 남은 걸 자기 잔에 따랐다. 우리는 잔을 가볍게 들어 보이고 부딪치진 않았다. 그런 사이는 아니었다.

"노조 관심 없어?"

"에이, 그런 거 잘 몰라요."

"왜, 요즘 기사 많이 나잖아. 비정규직 정규직화로 대립하는 거."

누군가는 농성을 하고 있고, 누군가는 단식 투쟁도 하고 있고 누군가는 집에도 못 가고 있다고 듣기는 했다. 하지만 내가 체감한 건 소비자 불매 운동뿐이었다. 불매 운동이 심해진 잠깐 동안은 너무 한가해서 놀랐고, 회사가 망하면 나도 직장을 잃게 되는 건가 걱정도 했었다. 하지만 회사는 임금을 더 쥐어짜고 나의 노동력을 불살라 불사조처럼 회생할 뿐 망하지 않았다. 장난감 컬래버레이션으로 히트 상품이 나와서 갑자기 이익이 억대로 뛰었어도 내 월급은 변하지 않았다. 순진할 적에 나는 일과 돈이 필요하고 회사는 사람이 필요하니 서로 상생이라고 생각했다. 하지만 이제 아니다. 효이 씨가 가게를 그만둔 자리에 바로 들어선 파란 간판을 기억했다. 내가 그 회사에서 일하게 될 줄은 몰랐지만, 일을 하면 할수록 그 가게가 효이 씨의 가게를 쫓아낸 거라는 의심이 확신으로 변했다. 프랜차이즈가 늘어갈수록 독립 빵 가게가 설 자리는 없었다. 잘 팔리는 자리는 프랜차이즈로 바뀌기 일쑤였다.

원영 오빠와의 대화는 거의 어느 노조에 들 건지, 간간이 내가 뭘하고 싶은지, 왜 아직도 노조에 안 들었는지, 아는 사이니까 자기랑 같은 노조에 들면 어떤지가 전부였다. 노조가 하는 일이 뭔지 왜 들어야 하는지 어떤 이익이 있는지는 말하지 않았다.

"그래, 결혼은 했어?"

내가 전혀 관심이 없어 보이자 이윽고 원영 오빠가 말을 돌렸다.

"아뇨, 오빠는요?"

나는 살코기 한 점을 더 지져 입에 넣었다. 먹는 게 남는 거다. 비록 살들뿐이라도. 먹고살고, 살을 먹고, 살만 남고, 살아 남고…. 이상한 운율이 머리를 맴돌았다.

"아들 하나 있어. 네 살이야."

나는 화들짝 놀라 시계를 보았다. 벌써 11시였다.

"어머! 아내분 혼자 힘드시겠어요. 얼른 들어가세요! 저도 갈게요. 내일도 새벽 출근이거든요."

내가 부산히 짐을 챙기자 원영 오빠는 당황하며 같이 일어났다.

"노조 말이야, 혹시 따로 연락 받은 데 있어? 거긴 듣지 마, 알았지? 꼭 나랑 통화해."

"네네."

나는 대답했지만 그가 번호를 줄 틈을 주지 않았다. 잘 먹었다는 인사는 빼먹지 않았다.

4. 빵을 만드는 왕

교육 기사는 가르치는 일이 보람찼지만 수입이 불안정했다. 파견 기사는 출퇴근이 불안정했고 출근지도 들쭉날쭉했다. 도저히 하루에 이동할 수 없는 거리의 지점으로 다음 날 출근 일정이 나오기도 했다. 나는 공장 생산직으로 옮기기로 했다. 이거라면 출퇴근도 수입도 안정될 것 같았다. 생산량을 맞춰야 하니 첫차 시간에 출근해서 막차 시간에 퇴근하겠지만, 생지가 아닌 진짜 반죽을 만지는 일이라 잔뜩 기대도 되었다.

　공장에서 일하는 사람은 대부분 여자들이었다. 매니저만 남자였는데 입이 거칠었다. 조금만 작업량이 줄거나 속도가 느려지면 바로 상소리를 했다. 넓은 작업장 안에 그 사람 하나만 있는 것처럼 다른 기사들은 숨소리도 내지 않았다.

　"이 따위로 할 거면 그만둬. 너 하나 없어도 회사 자아알 만 돌아가."

　오늘은 바로 옆 테이블 동료 기사가 눈가가 붉어진 채로 돌아왔다. 우리는 눈짓으로 위로를 나누었다. 마스크와 위생복장 때문에 긴 말을 하기도 어려웠다.

　"끼아아악!"

　멀리서 소름끼치는 소리가 들렸다. 여자 비명 소리 같기도 하고 날카롭게 쇠를 긁는 소리 같기도 했다. 거대한 기계 설비들 너머 먼 뒤쪽 구역에서 웅성웅성하는 공기가 느껴졌다.

　"집중해! 일해!"

　매니저가 우리를 몰아쳤다. 우리는 무슨 일인지 궁금해하며 오늘 작업량에 매진했다. 아무도 입을 열지 않는데 소식들이 전해졌다.

　"누가 다쳤대."

"반죽기에 끼었대."

반죽기의 무시무시한 크기를 알고 있는 우리 모두는 전율했다.

"많이 다쳤어?"

"몰라. 괜찮은가 봐."

그날은 다들 싱숭생숭해서 손발이 맞질 않았다.

"거기 누가 입을 놀리나! 빨리 일해! 밀린 거 안 보여?"

매니저가 윽박질렀다. 자세한 사고 정황을 안 건 다음 날 저녁 모르는 동료가 던진 카톡 방의 기사 한 줄이었다. 반죽기에 기사의 두 팔이 끼어 들어갔다고 했다.

다음 날 몇 명은 출근하지 못했고 몇 명은 며칠 뒤 퇴사했다. 그럼에도 일을 계속해야 하는 동료들은 끔찍한 기억에 시달렸다. 어제 동료를 잡아먹은 기계를 옆에 두고 오늘 우리는 할당량을 채워 내야 했다. 거대한 반죽기들 사이에서 혼자 천을 덮고 선 기계는 들러리들 속에 면사포를 쓴 괴물 신부 같았다.

크리스마스였다. 그날도 우리는 빨간 산타 옷을 입고 〈찰리와 초콜릿 공장〉의 움파룸파처럼 춤을 추며 빵을 만들고 있었다. 매니저가 기괴하게 웃으며 하얀 천을 덮은 집채만 한 케이크 수레를 밀고 왔다. 천을 벗기자 케이크가 아니라 반죽기가 나왔다. 잘 연마된 둥근 모서리가 괴물의 이빨처럼 날카로웠다. 우리는 당장이라도 물어뜯을 듯이 으르렁대는 반죽기에 우유와 버터 대신 우리 눈물과 핏물을 넣고 밀가루 대신 으깨진 살점으로 만든 반죽을 넣었다. 오븐에서 나는 빵 냄새가 너무 고소해서 몸서리를 치며 잠에서 깼다. 그날 동료 기사의 사망 소식이 들렸다. 나는 그가 몸담았던 노조에 가입했다.

나는 월급과 생계를 위해 소처럼 말없이 일했다. 어차피 형편없는 월급이 조금 올라 봤자 우유 값이 더 빨리 올랐다. 노조에 들었지만 정규직이 되는 것도 관심 없었다. 냉장고 안에 과자 도시가 세워지고 있었고 나는 그들을 먹이고 입히고 친구와 자식과 반려동물을 만들고 건물과 길을 보수하느라 바빴다.

내가 다른 일을 할 수 있다면 어떨까? 냉장고 문을 활짝 연 순간 잠깐 그런 생각이 떠올랐지만 이내 밀려온 피로에 파묻혀 버렸다. 전화가 울렸다. 엄마였다.

"나 거기 좀 갈게. 정환이랑."

또 엄마가 조카를 떠맡았구나.

"나 나갈 건데."

"알아. 그냥 너희 집에 한나절 있을게. 여기 단수됐어."

나는 현관 비밀번호를 불러 주었다. 엄마는 혼자 사는 딸 집이라도 허락 없이 오지 않았고 비밀번호도 기억하지 않았다. 나는 하루뿐인 휴일을 조카와 엄마 뒤치다꺼리로 날릴 수 없어서 얼른 운동화를 구겨 신고 집을 나섰다. 새로 생긴 서점에 들렀다가 커피 한 잔 마시고 들어가자. 그런 생각이었다.

서점이 새로 생겼다고 생각한 건 내 착각이고 꽤 오래되었는지 유리 진열장에 먼지가 더껑이 져 있었다. 아니면 벌써 시간이 그만큼 흘러 버린 걸지도. 안에 젊은 엄마와 어린아이 둘이 책을 고르는 게 보였다. 가게가 협소해 보여서 나는 바깥 진열장을 구경하며 기다렸다. 표지에 커다란 파이를 둘러싼 소녀들이 있는 그림책이 눈에 띄었다. Kate Greenaway. 노란 배경의 파이 그림은 어릴 때 효이 씨 가게에서 본 그림과 비슷했다. 내 기억엔 난쟁이들이 거대한 파이를 둘러싸고 춤을 추고 있었다. 아니, 파이가 아니라 페어리 서클일지도 모르겠다. 빨간 풍차도 있었다. 잠시 후 아이들이 엄마 손을 잡고 재잘되며 작은 영어 그림책을 한 권씩 쥐고 나왔다. 나는 안으로 들어가 아까 눈여겨본 케이트 그린어웨이의 그림책을 펼쳤다. 풍차 앞에 아이들이 원을 그리며 놀고 있는 그림, 거대한 사과파이를 둘러싼 소녀들의 그림이 있었다. 단어를 배우게 하는

컷인 듯 영어 대문자마다 파이를 둘러싼 다른 그림들도 있었다. 나는 그 책을 샀다.

카페에 들러 커피를 주문하면서 쇼 케이스와 3단 트레이에 진열된 근사한 디저트를 구경했다. 나는 언제 이런 가게를 차릴 수 있을까. 흘끔 주인의 나이를 짐작해 보니 나보다 어려 보였다. 커피도 같이 해야 하니까 바리스타 자격증도 따 둬야겠지. 매장에서 일할 때 틈틈이 배우긴 했지만 따로 자격증을 따진 않았다. 지금 회사를 다니면서 딸 수 있을까? 이런 가게를 차리려면 얼마나 들까. 한 달 매출은 얼마나 나올까. 마카롱이 두툼하네. 하나 맛이나 볼까? 고민하는 사이 아까의 젊은 엄마와 아이 둘이 손을 잡고 들어왔다. 아이들은 곧장 쇼 케이스 앞에 달라붙었고 엄마는 커피를 골랐다.

"저희는 노키즈 존이에요."

아이들이 트레이에서 과자를 집은 후 엄마가 계산대에 서자 점원이 말했다. 주변의 이목이 삽시간에 계산대로 집중되었다. 아이들은 이미 마들렌과 마카롱을 들고 마음에 든 창가 자리로 향하고 있었다.

"금방 먹고 갈게요. 시끄럽게 안 할게요. 얌전해요."

엄마가 아이들을 돌아보며 사정했지만 점원은 단호한 태도였다.

"죄송합니다. 노키즈예요."

엄마는 굳어진 얼굴로 마들렌과 마카롱 값을 치렀다. 그리고 아이들의 손을 잡았다.

"나가자."

"여기서 먹을래."

"노키즈래."

그 말을 듣자 아이들은 화들짝 놀라며 엄마 손을 잡았다. 이런 상황이 처음이 아닌 듯 겁먹은 표정이었지만 울지 않았다. 엄마와 아이들이 나가자 뒤에서 불만스러운 목소리와 박수 소리가 동시에 들렸다. 다음 계산 차례였던 나는 커피 값을 치르고 그 앞에서 쓰레기통에 버렸다.

집에 들어가니 아직 용무가 덜 끝났는지 엄마와 조카의 신발이 나란히 놓여 있었다. 평소처럼 슬그머니 방에 숨으려는데 조카가 먼저 달려왔다.

"이! 모!"

목소리가 어찌나 우렁찬지 귀가 울렸다. 나는 억지로 내면에서 친절함을 끄집어냈다.

"아이고, 우리 정환이 왔구나. 어떡하지. 이모가 과자를 깜박했네."

"아니야! 이모! 냉장고에 있어! 굉장해! 할머니가 조금 뜯어 먹어도 된댔어! 안 먹었어!"

조카가 어찌나 흥분했는지 무슨 말인지 알아들을 수가 없었다.

"이모가 만든 거야? 진짜로? 진짜 먹는 거 맞아?"

엄마는 난처한 얼굴로 쓸 줄도 모르는 오븐을 여닫고 있었다.

"지가 혼자 물 마실 수 있다고 냉장고 열었어. 저건 다 뭐니? 네가 한 거니? 인형 하나 정환이가 가져도 되니?"

조카와 잠시 너무나 거대하고 근사한 나의 도시를 바라보았다. 그저 나 혼자 모양 낸 과자를 요리조리 배치한 것일 뿐인데 조카의 눈에는 경탄이 떠올라 있었다.

"골라 봐, 정환아. 이건 너무 오래돼서 먹으면 배탈나. 하지만 똑같은 걸 구워 줄게."

정환이는 고개를 저었다.

"이모가 가르쳐 줘. 내가 만들래. 응? 이모오~."

코끝에 생 밀가루의 고소하고 쌉쌀한 향기가 밀려왔다. 넓은 식탁에 차려진, 꾸덕하게 녹아 흐르며 황금빛으로 빛나는 버터 냄새와 눈처럼 희고 폭신하게 발리는 생크림, 아라비안 나이트에 나오는 쫄깃한 식감의 무화과, 검은 다이아몬드처럼 빛나는 피부를 가진 사람들이 거둔 먼 나라의 열기를 품은 초콜릿, 새콤달콤하게 눈을 찌르는 한여름 햇살 같은 제주도 청귤잼의 기억이 한번에 밀려왔다. 사람을 잡아먹는 하얀 베일을 쓴 반죽기도 떠올랐다.

"엄마. 어디서 돈 좀 빌려올 수 있을까? 꼭 갚을게."

그렇게, 나는 엄마를 또 착취했다.

가게 차릴 돈은 엄마와 동생이 같이 빌려주었다. 내 월급은 적었지만 주거비와 교통비 외엔 거의 쓰지 않아서 그래도 목돈이 통장에 있었다. 청년 창업 대출도 받고 정부 지원도 조금 받았다. 가게는 하얀 페인트로 칠하고 주방 타일과 탁자와 집기 모두 흰색으로 골랐다. 하얀 리넨 식탁보 위에 그냥 예뻐서 사 두었던 애프터눈 티 세트용 클래식 3단 트레이를 진열하고 그릇 모으는 친구가 선물한 예쁜 찻주전자도 옆에 두었다. 제빵실 벽에는 케이트 그린어웨이의 그림책에서 자른 거대한 애플파이 그림을 몇 장 걸었다. 밖에서 바로 보이는 채광창에는 작은 유리 전시장을 놓고 냉장고 속에 들어 있던 과자 도시를 전시했다. 개업식을 치르기 전에 나는 조카의 손으로 간판 옆에 작은 팻말을 걸게 했다.

ONLY KIDS ♥

"이모, 이게 뭐야? 빵 가게 이름은 스테라잖아."

조카가 물었다.

"그러게 말이야. CAR스테라가 더 재밌을 거라고 내가 밀었잖아."

동생이 참견했다.

"정말 이렇게 할 거니? 어떻게 애들만 상대하려고?"

엄마가 걱정했다.

"어차피 애들 먹는 거만 파는데 뭐. 어른들만 들어갈 수 있는 가게가 이렇게 많은데 나 하나쯤 애들만 받는 게 뭐 어때. 저녁엔 키즈 클래스도 할 거야. 빵보다 그게 훨씬 돈이 될 거 같아. 벌써 예약 문의가 많아. 빵은 선전이지 뭐. 어린이 수업 허가증이랑 설비 기자재 인증도 받았어. 그거에 돈 많이 들었지 다른 건 별로 없어. 페인트칠도 내가 했고."

조촐한 개업식 날은 지나가던 어린이 손님이랑 큰 길가의 어린이집에서 하교하던 아이들이 주로 들렀다 갔다. 어른들은 간판 앞에서 머뭇거리다가 돌아섰다. 문 앞에서 지금 혼자 나왔는데 아이 것을 살 수 있느냐고 물은 엄마도 있었다. 나는 기꺼이 그를 안으로 맞아들이고 커피 한 잔을 대접했다.

"커피도 하시는 줄 몰랐어요. 밖에 써 놓으면 장사가 더 잘될 텐데요."

"그냥 서비스예요."

그 엄마는 마들렌을 두 개 집어 들었다. 나는 옆에 초코 쿠키를 두 개 더 넣었다.

"그냥 드셔 보세요. 맛있으면 또 들러주세요."

엄마는 몇 번이고 감사 인사를 하며 가게를 나섰다.

창밖의 하늘에서 파란색, 보라색, 붉은색이 겹쳐져 거대한 무지개처럼 변했고 지는 해의 선명한 오렌지색 광채를 머금은 적란운이 서쪽 하늘에 뭉게뭉게 솟아올랐다. 그 빛을 등진 아이가 가게 안으로 성큼 들어왔다. 아니 아이가 아니라 아이처럼 작은 덩치의 어른이었다. 나는 주방에 삐뚤게 걸린 그림을 고쳐 걸던 참이었다.

"저기…."

나는 그가 누군지 깨닫고 말을 멈췄다. 그는 나를 보고 웃었다.

"효이 씨."

나는 소리 없이 그를 불렀다.

그는 소리 내어 나를 불렀다.

작가의 한마디

멀리서도 마음을 따뜻하게 부풀리는 빵의 향기, 부드럽고 고소하고 달콤하고 쫀득하게 퍼지며 사라지는 식감, 입안에 꽉 찬 포만감, 완벽히 제빵사의 의도대로 녹아 내리고 부스러지는 파쇄감, 반죽일 때부터 이미 사람의 영혼을 홀리는 촉감, 허기를 면하는 담백한 한 조각부터 오감을 아우르는 천상의 사치까지 빵과자가 만들어 내는 향연에 큰 도움을 받으며 써 내려간 글이라 다른 때보다 편안하고 즐거운 작업이었습니다.

자리를 빌어, 임종린(민주노총 화섬식품노조 파리바게트 지회장)님의 인터뷰, 글쓰기에 구체적인 제빵 어휘와 상황 설명으로 큰 도움을 준 제빵사 정애, 어려운 제빵의 세계에 쉽게 접근시켜 주신 정은지 작가님, 이미 단종된 빵 한 개만 구입하는 노인 한 분의 쓸쓸한 입맛을 위해 새 반죽을 따로 만들어 놓던 다정하고 고된 빵집 스테라 사장님께 깊은 감사를 전합니다.

노조 상근자가 여주 인생
파탄 내는 악녀로 빙의함

이서영

소설집 『악어의 맛』, 『유미의 연인』, 중편 『낮은 곳
으로 임하소서』 등을 썼다. 2020년, 2022년 SF어워
드 중·단편소설 부문 우수상, 2021년 SF어워드 중·
단편소설 부문 대상을 수상했다.

아직 아무도 없었다. 나는 텅 빈 광장을 휘휘 둘러보았다. 이 순간은 후련하면서도 가장 떨리기 마련이었다. 결론은 이제 수 시간이 지나 9시가 되면 나게 될 것이다. 사람들 앞에서 목소리를 내려면 마이크가 필요하고, 사람들을 모으기 위해선 번듯한 무대가 필요하다고 생각해 왔는데, 여기까지 와 보니 그런 건 아무 문제도 아니었다. 언어를 전달하겠다는 의지만 있다면, 어떤 방식으로건 기술은 생각해 낼 수 있었다. 세상엔 '본질'이라는 게 있다고, 이제야 생각했다.

얼마 전까지만 해도, 이제 모든 걸 그만하고 싶다고 생각하고 있었는데, 지금은 마음 깊은 곳에서 무언가 치밀어 오르는 걸 매 순간 느꼈다. 내 손을 꼭 쥐던 아이린의 따뜻한 손. 나는 온기가 느껴지는 손등을 천천히 쓸어내렸다. 해야만 할 일이 있었다.

해야만 할 일? 기분이 이상해졌다. 만약에 이게 커다란 꿈이라면, 꿈에서 깨었을 때 나는 원래 세계로 돌아갈 수 있는 걸까. 이곳에서 맞춰야 할 거대한 조각이 있는데, 나는 그걸 완전히 외면하고 내가 하고 싶은 것만 한 건 아닐까. 그래서… 나는 자신의 미래를 대충은 알고 있었다. 이 작은 싸움에서 이긴다고 하더라도, 나, 아니 메리의 목숨은 부지하기 어려웠다. 혼란스러웠다. 그러면 나는, 나는 어떻게 되는 거지.

이불 속에서 화면을 넘기며 읽던 소설 속에서 사람들의 얼굴은 복잡하지 않았다. 죄다 그저 클레어의 주변인들 이상도 이하도 아니었다. 그렇게 많은 이들이 저마다의 이야기로 숨을 쉬고 있을 줄 몰랐다. 벨, 애쉴리, 아이린, 루시, 제각기의 얼굴이 구체적인 모습으로 지나갔다. 모든 것은 방직 기계처럼 단단하고, 동시에 탄탄하게 짜여 나온 방직물처럼 유연했다. 우리들의 연대도 마찬가지였다. 그 모든 사람의 손끝을 기억하고자 애썼다. 거칠고, 부드럽고, 따뜻하고, 차갑던 그 모든 손끝이 스쳐가던 자리를.

동이 텄고, 안개가 걷히기 시작했다. 결전의 시간이 점점 다가오고 있었다. 단 한 명만, 단 한 명만 오면 되는데. 나는 이를 악물고 다리 건너편을 바라보았다.

●

돌이켜 생각해 보면, 그날은 아무래도 좀 이상한 날이긴 했다. 하루에 겪은 사고만 다섯 번이었다. 어떤 건 사고가 아닐 수도 있겠지만, 일단 내 기준에서는 명백하게 사고였다. 아침 출근길부터 문제였다. 고작해야 2층밖에 안 되는 계단에서 내려오다가 굴렀다. 데굴데굴까진 아니지만 명백하게 굴렀다. 발목이 계단 끄트머리에 걸렸고 엉덩방아를 찧었다. 힐을 신고 있던 것도 아니었고, 언제나 그렇듯 청바지에 운동화 차림이었는데도. 물론 내가 출근길의 엉덩방아를 가지고 그날 하루를 이상하다고 여길 만큼 강박증적 인간은 아니다.

하지만 그날은 정말 이상한 날이었다. 버스를 타고 외근을 나가다가 자동차 사고를 겪을 거라고는 생각도 하지 못했다. 택시도 아니고 버스를 타고 있는데! 어마어마한 사고는 아니었기에, 버스는 멈추고 정신없이 차에서 내렸지만, 안타깝게도 버스는 부암동으로 올라가는 산길에서 사고를 당한 것이었다. 봉변을 당한 슬픈 사람들이 뜬금포로 함께 북한산을 올랐다. 옆에서 걷는 여자의 또각거리는 힐을, 나는 약간 못된 위안으로 삼았다.

화룡점정을 찍은 건 단위 사업장과의 술자리였다. 술에 취할 대로 취한 걸 인지했을 때 자리를 비켰어야 했는데. 뭐라고 하던 간에 그냥 벌떡 일어났어야 했는데. 결국, 그 현장 간부 새끼가 내 손을 잡더니 손등에 입을 맞추고야 말았다. 마음 같아서는 비명을 지르면서 자리에서 벌떡 일어나고 싶었지만, 사회화된 인간인지라 끝내 그렇게 하질 못했다. 실실 웃으면서 손을 빼려고 안간힘을 쓰는 자신을 관조하는 순간은, 진심으로 사는 걸 포기하고 싶었다.

살기 싫어진 건 어제오늘의 일은 아니었다. 그렇다고 자살을 하고 싶을 만큼 격렬한 감정은 아니었고, 그냥 매일의 불안과 매일의 권태가 참을 수 없다고 생각했을 뿐이었다. 집으로 돌아가는 길, 늘 하던 대로 휴대폰을 켜서 웹소설을 읽고 있었다. 로판의 세계란 언제나 새로운 변칙을 만들고자 하지만, 변칙의 핵심이라는 건 보통 비슷했다. 그래도 그건 꽤 마음에 들었다. 그곳에는 불안도 권태도 없이, 익숙한 장르적 쾌감이 있을 뿐이었다. 『프록코트 청년을 조련하는 방법』을 고른 것도 무슨 생각이 있어서는 아니었다. 사실 제목도 표지도 열심히 보지 않았다. 그냥 화면 위에 있었던 수많은 표지 중에 눈에 띄는 걸 아무거나 골랐을 뿐이었지. 하필이면 그때 그런 일이 발생할 게 뭐람. 고요하게 선경을 바라보던 고라니와 눈이 마주치고 만 것이다. 파주는 뱀과 고라니를 조심해야 한다더니만.

고라니는 차를 보면 놀라서 굳어 버린다던데, 도리어 내가 고라니와 눈이 마주치자 다리가 굳어 버렸다. 그리고 고라니는 그 길로 나를 향해 돌진하더니만, 그대로 나는 이 휴대폰 속 세계에 들어와 버린 것이다.

그랬다. 많은 빙의물에서 주인공들은 아무렇지 않게 벌어진 상황을 받아들인다. 그리고 기다리기라도 했다는 듯 소설 속의 삶을 살아 나간다. 말도 안 되는 소리. 우선 내가 떨어진 곳은 진창이었다. 역경과 고난 속이라는 의미만이 아니라, 말 그대로의 진창이었다. 정신을 차리자마자 진창 속에 누워 있다는 걸 깨닫고 소스라치게 놀라서 벌떡 일어났다. 아무리 아무 데나 잘 주저앉는 걸로 유명한 한국 운동권이라지만, 진창 위까지 포함한 건 아니었다. 몸을 일으키자마자 바닥이 딸려 올라오듯이 진흙이 몸이 눌러붙었다. 비명이라도 지르고 싶었지만, 소리도 잘 나오지 않았다.

빙의물에서 처음 정신이 돌아온 주인공들은 보통 포근한 침대에서 깨어나거나, 아름다운 드레스를 입고 있는 자신을 거울에서 보고 비명을 지르기 마련인데. 물론 그때까지만 해도 이게 빙의라는 사실은 이해하지 못했다. 입고 있는 옷이 거친 면으로 된 칙칙한 색깔의 원피스여도, 때가 너무 타서 진창에 뒹군 거랑 별로 구분되지도 않는 앞치마를 입고 있어도, 지나가는 사람들이 죄다 영국 시대물 같은 복장으로 돌아다니고 있어도. 아니, 사실 마지막에선 좀 의심하기는 했다. 벌떡 일어나자마자 몸을 이리저리 쓰다듬었다. 여성인 건 분명했고, 익숙한 몸은 확실히 아니었다. 일어나서 멍하니 서 있자니, 누군가 다가와서 홱 팔꿈치를 잡아챘다.

"뭘 멍하니 있는 거야, 메리. 쉬는 시간 끝난 지가 언젠데."

메리? 로판 속에서 깨어난 것 치고는 지나치게 평범한 이름인데? 나는 선경… 입을 채 못 떼고 팔을 붙잡혀 끌려가면서 역시 이건 로판 속 세계라는 확신이 점점 강해지고 있었다. 메리를 끌고 가는 소녀의 반짝이는 금발, 단정하고 아름다운 옆모습을 바라보다가 나도 모르게 입을 열었다.

"클레어…?"

"응?"

클레어는 나를 보고 살짝 웃다가 경악을 했다.

"너 옷이 이게 무슨 꼴이야!"

방직 공장의 일은 그렇게 숙련 노동은 아니었다. 기계 앞에서 손과 어깨가 무너질 때까지 똑같은 움직임을 반복만 하면 되는 일이었다. 실을 내리고, 또 내리면서 천천히 생각했다. 『프록코트 청년을 조련하는 방법』에서 메리는 정말 초반에만 잠깐 나오는 엑스트라 중의 엑스트라다. 메리라고 불리고 나서도, 도무지 한동안 메리가 어떤 캐릭터였는지 기억조차 나질 않았다. 메리는 클레어의 선한 마음을 보여 주기 위한 가벼운 장치로, 둔하고 덜렁거리는 나머지 곤경에 처한 걸 몇 번 클레어가 구해 준다. 그런 과정에서 그걸 지켜보던 벨과 애쉴리가 클레어의 친구가 된다. 벨과 애쉴리를 얻은 다음에 메리는 등장조차 하지 않는다. 그런 엑스트라 하나, 잘렸는지 죽었는지 작가도 독자도 알 바가 아닌 세계관이었다. 심지어 메리는 클레어의 선행을 남주인 에릭이 보게 하는 정도의 임팩트도 없는 말 그대로 엑스트라였다.

클레어는 메리보다 키가 한 뼘은 컸다. 아마 메리가 나이가 더 어린 게 아닐까 싶었다. 아동 노동도 일반적인 세계관이니 충분히 가능할 것 같았다.

배변하기 위해 손바닥만 한 화장실로 이동하면서 내가 한쪽 다리를 전다는 것을 깨달았다. 가만히 보니 왼쪽 무릎이 잘 펴지지 않았다. 이 작은 화장실에는 손을 씻을 수 있는 수챗구멍이랄 거밖에 없는 배수 시설과 얼굴을 비춰보라는 건지 말라는 건지 알 수 없는 조그마한 거울이 있긴 있었다. 거울을 보는 순간 낮은 탄식을 뱉었다. 파란색 머리와 얼굴 전체에 돋아난 옅은 반점들. 눈에 띌 만큼 흉한 반점은 아니었지만, 출신을 명백하게 알 수 있게 해 주는 반점임엔 틀림없었다. 메리는 이 세계관에서 가장 최하층에 위치하는 아데로젠 출신이었다. 소설 속에서는 메리가 어느 계급인지 상세하게 나오지 않았지만, 파란색 머리가 어떤 취급을 받는지는 아주 잘 나와 있었다. 나는 머리카락을 배배 꼬며 생각했다. 원래 빙의물에서는 자기 세계의 여러 기술들로 뭔가를 극복해서 성공하는 게 기본 아닌가. 대체 뭘 하자고 나는 이 최악의 환경에 떨어진 거람. 어쩐지 계집애가 진창에 구르고 있어도 아무도 안 도와주더라.

클레어는 별다른 반전은 없는 캐릭터인 모양이었다. 알고 보니 내숭 떠는 악녀였다는 뻔한 설정은 없어 보였다. 그 와중에도 유일하게 메리를 일으키고 옷을 닦이고 공장까지 오도록 도와주지 않았나. 망가진 무릎 외에도 몸 여기저기를 만져 보다 어이없이 웃었다. 분명 기껏해야 열넷이나 열다섯쯤 되었을 몸인데, 가슴과 엉덩이만 성인 여자 못지않은 크기였다. 성조숙증이 틀림없었다. 이런 공장에서 일하고 있자니 발생하는 명백한 산재인데. 하지만 『프록코트 청년을 조련하는 방법』 같은 세계에서 산재 같은 말이 소용될 리가 없었다. 원래 세계로 돌아가는 방법을 찾기 전까지는 어떻게든 이 세계에서 살아남아야 하는데. 손을 씻다가 눈살을 찌푸렸다. 당연하지만 손도 엉망진창 흉터투성이였다.

자리로 돌아가다가 대각선 앞의 클레어를 보며, 저도 모르게 숨을 깊게 삼켰다. 그야말로 군계일학이었다. 어떻게 이 환경에서 저런 여자가 있을 수 있나 의문일 정도로 곧게 뻗은 허리, 약간의 상처가 있긴 하지만 길고 예쁜 손가락, 차분하고 단정한 표정, 금실처럼 빛나는 머리카락. 주인공 버프가 있기야 하겠지만, 좀 너무하네, 생각할 즈음 문제의 '프록코트 청년'이 등장했다. 청년은 프록코트 깃을 끝까지 세우고 얼굴을 가린 채 방적기 사이를 이리저리 돌아다녔다. 그리고 그 걸음 끝에 클레어를 발견했다. 이 장면을 알고 있었다. 이미 청년은 클레어와 펍 앞에서 만난 적이 있었다. 소매치기에게 털리려던 걸 구해준 클레어. 사실 그 소매치기는 클레어의 오빠였기 때문이지만. 클레어는 방적기를 보느라 청년, 에릭이 자신을 발견했다는 사실조차 인지하지 못하고 있었다. 그래, 아무렴 그렇겠지. 그 장면을 가만히 지켜보고 있는 건 오직 메리뿐이었다.

그날 집으로 돌아가서 결심했다. 이야기를 바꿔야 했다. 이야기를 바꾸지 않으면 작은 메리가 살아날 길 따위는 없었다. 다리를 절며 집으로 돌아오자, 누군지도 모르는 인간 스무 명과 함께 잠들어야 했다. 엄마와 아빠는 고주 망태가 되어 밤 11시가 되어서야 집에 들어왔다. 출근은 5시 30분, 퇴근은 8시. 술을 마시지 않고는 도저히 견딜 수 없는 환경. 같은 방에 있는 대부분은 파란 머리를 하고 있었다. 잠들기 직전 엉덩이에 누군가의 끈적한 손길이 닿는 걸 느꼈다. 나는 몸을 이리저리 뒤채가며 집요한 손길을 애서 피했다. 이가 악물렸다.

『프록코트 청년을 조련하는 방법』에 메리가 더는 나오지 않은 이유가 너무도 자명했다. 이 세계관에서 메리가 살아남을 수 있는 확률은 0에 수렴했다. 아마 어딘가에서 산재로 죽거나, 강간당하거나, 살해당하거나, 매춘을 시작하게 되거나, 강도당하거나, 세상에 일어날 수 있는 모든 나쁜 일이 메리 앞에 도사리고 있었다. 메리가 그걸 피할 수 있는 그 어떤 사회적 안전망도 없는 세계였다. 그러니까 클레어와 에릭의 사랑이 더 빛나는 것이었다. 다른 방식으로 어떻게든 살아남아야 했다. 물론, 열다섯의 메리가 무엇을 아는지는 몰랐다. 내가 아는 건 오직 서른 살 선경의 방식뿐이었다. 메리, 아니 선경인 나는 아픈 무릎을 천천히 쓰다듬으며 속으로 노래를 불렀다. 침묵의 세상을 깨고, 피에 젖은 깃발을 올리라는 게 직장에서의 주문 아니었던가. 그러려면 오늘 내가 만난 아름다운 소녀는 프록코트 청년의 손이 아니라 피에 젖은 깃발을 쥐어야만 했다.

매일 저녁 클레어, 벨, 애쉴리와 식사를 했다. 거름망이 다 찢어져서 제대로 걸러지지도 않는, 당연히 품질도 엉망진창인 차와 너무 딱딱해서 치아가 잘 들어가지 않는 검은 빵을 앞에 두고 즐겁게 삼삼오오 떠들어댔다. 오늘도 마찬가지였다. 클레어가 강과 2미터 가까이 떨어져 있는 지하실에서 산다는 얘길 듣고 나는 코웃음을 쳤다.

"집을 그따위로 지으면 도르래 밟는 애 살라고 만든 거 아니야? 열 살짜리 도르래 밟는 애 혼자 살게 하면 5년 뒤에는 강도 통째로 떠내겠네."

애쉴리가 깔깔대며 웃다가 눈물까지 훔치면서 가볍게 내 팔을 꼬집었다.

"나는 네가 이렇게 웃기는 사람인지 몰랐어. 대체 지금까지는 어쩜 그렇게 조용히 있었던 거야?"

벨도 덩달아 거들었다.

"나는 메리랑 같이 일한 게 벌써 5년쨴데도 전혀 몰랐지 뭐야. 우리 열 살 때부터 같은 기계에서 일하고 그랬었잖아. 이렇게 재밌는 얘기 다 숨겨 놓고 어떻게 그렇게 살았대?"

빵을 씹다가 눈을 살짝 찡그리고 말했다.

"빵집 언니 실패네. 어디 이 정도로 이빨 부러지겠나, 앞으론 저기 철강 공장에서 짜투리라도 넣어서 만들라고 해야겠어."

또 세 소녀는 웃음을 터뜨렸다. 역시 그날 클레어에게 먼저 말을 건 게 정답이었다. 아무것도 모르는 상태에서 소심한 메리가 갑자기 여기저기 말을 걸어 봤자 아무 소용이 없을 터였다. 간부는 원래 신임이 있는 사람이 해야지. 클레어가 좋은 간부가 될 자질이 있다는 건 명확했다. 첫술을 뜰 때는 무엇보다도 사람을 끌어올 수 있는 인물을 메인으로 세워야 하는 법이었다. 클레어는 다정했고, 먼저 다가오는 사람을 밀쳐내는 법이 없었다. 당연히 주변에 사람도 많았다.

갑자기 숨을 획 들이켜더니 벨이 목소리를 낮췄다. 뒷말 시간이 시작되었다는 신호다.

"아이린 말이야. 어제는 제 아버지보다 나이가 많아 뵈는 남자한테 치마를 흔들더라니까."

"또?"

"아이린이랑 어울려 다니더니, 요즘엔 앤도 똑같아."

"앤이 들이밀면, 그 사이에 앤네 오빠가 소매치기한다며. 거긴 그게 완전 가족 사업이던데."

슬쩍 클레어의 얼굴을 살폈다. 클레어는 아무 말도 하지 않고 가만히 빵을 손으로 뜯고만 있었다. 클레어의 오빠도 분명 소매치기였지. 아는지 모르는지 벨과 애쉴리는 말을 이어갔다.

"앤네 오빠는 일 안 해?"

"거기야말로 철강 공장에서 잘렸잖아."

"어쩌다 그랬대?"

"벨트에 팔이 끼여서 팔뼈가 다 부러졌대."

"아오…."

애쉴리가 혀를 빼어 물며 고개를 절레절레 흔들었다.

아이린, 누군지 정확하게 기억하고 있었다. 에릭과 클레어가 그 펍 앞에서 만났을 때, 그 장면을 지켜보고 있던 유일한 사람. 클레어 정도로 군계일학의 미모까지는 아니지만, 적어도 빈민가 근처의 펍에서는 누구라도 말을 걸어 볼 만큼은 아름다운 소녀였다. 아이린의 뒷이야기까지 다 나올 만큼 읽지는 못했는데, 아무튼 어린 시절부터 그 미모를 이용해 나쁜 짓이란 나쁜 짓은 다 골라 한 것 같은 캐릭터였다. 자기 오빠의 마수에서 클레어가 에릭을 도와주던 그날 밤, 돈을 뜯기지 않았다는 걸 확인한 아이린은 곧바로 에릭에게 접근했다. 에릭은 비틀거리며 아이린을 거칠게 뿌리치고 걸어갔고, 그 바람에 그날 아버지에게 보여 주려고 가지고 있던 아카데미 수료 확인증을 떨어뜨렸다. 뭔지도 모르고 그걸 주워 갔던 아이린은, 그날 밤 만난 제조업자가 아카데미 수료증을 들고 껄껄 웃어대는 소리에 깜짝 놀라 냉큼 확인증을 낚아챘다. 브린스델, 내가 일하고 있는 공장주의 성. 제조업자는 네 것도 아닌 아카데미 수료증은 어다다 쓰려고 훔쳤냐고 비웃었지만, 아이린은 그날부터 그 확인증을 가슴에 품고 다니기 시작했다. 에릭이 공장에 올 때마다, 언젠가는 그 확인증을 써먹으리라 다짐하면서.

애쉴리는 어깨를 으쓱했다.

"아이린은 요즘엔 좀 다른 꿈을 꾸는 모양이더라고."

"무슨 말이야?"

무슨 장면인지 알고 있었다. 아이린이 에릭을 노리고 있다는 이야기였다. 그리고 에릭이 에릭인지도 모르고 있던 클레어가 '신분을 뛰어넘은 사랑이 가능한가'라는 주제에서 절망하는 부분이었다. 벨도 애쉴리도 자신의 사랑을 지지해 주지 않을 거라는 걸 깨닫고 혼자 슬퍼하고 있을 때, 에릭의 진정한 마음을 확인하고 감동에 젖는 타이밍이었다.

주먹을 꽉 쥐었다. 클레어와 붙어 다니려고 부단하게 노력했고, 여기가 분명 갈림길이었다. 클레어가 때로 혼자 집에 가겠다고 할 때, 그게 무슨 의미인지 알았기에 나는 클레어를 혼자 집에 가도록 두었다. 자주 만나면 가까워지는 건 당연하지만, 옆에서 못 만나게 하면 괜히 마음이 깊어지기 마련이었다. 에릭과 클레어는 충분히 가까워졌지만, 어림도 없다는 친구들의 냉소에 클레어는 차마 말도 못 하고 상처받는다. 그 상처를 만들지 않으면, 에릭과 클레어가 쓸데없이 깊어질 일도 없었다. 여기에서 심어 줘야 할 건 상처가 아니라 의심이었다.

빠르게 선수를 쳤다.

"그, 공장주 아들 말하는 거지?"

"너한테도 얘기가 들어갔어?"

"들어가긴 뭘, 눈치가 빠하던데."

에릭이 공장주의 아들이라는 건 몇 화 지나지 않아서 들킬 얘기였다. 바로 지금 의심을 심어 두어야만 했다.

"그게 될 말이야? 진짜 가당치도 않아."

벨의 비웃음에 클레어의 눈빛이 급격히 어두워졌다. 지금이었다.

"안 될 건 뭐야, 사람인데 서로 좋아하는 게 무슨 문제겠어?"

세 소녀가 모두 놀란 표정으로 메리를 바라보았다. 얼굴에 반점이 가득한, 못생긴 파란 머리 소녀는 당연하다는 듯이 어깨를 으쓱했다.

"사람은 제각기 고유의 매력이 있고, 그건 계급이나 재산을 뛰어넘기도 하는 거야. 아주 쉽지는 않겠지만, 사랑이라는 말이 원래 그런 거잖아."

"와… 너 아데로젠이면서 의외로 이상주의자구나."

나는 아주 가볍게, 하지만 아무 생각 없는 듯 방긋 웃어 보였다.

"근데, 별로 좋진 않아."

"그건 또 무슨 소리야?"

"뻔하잖아. 우리가 매일 어떻게 일하는지 공장주 아들이 모를 리가 없잖아. 나는 꼬맹이 때부터 일해서 무릎이 박살난 지 오래고, 우리 공장에서 스물두 살이 넘으면 죄다 허리가 휘어서 하늘도 못 보고 살지. 얼마 전에 테레사가 방직기 사이에서 애 낳은 거 봤지? 애 낳고 일주일 있다가 도로 나와서 일하는데, 그것도 늦게 나왔다고 타박받잖아. 공장주 아들이 이런 꼴을 모를 리가 있어? 이걸 돈도 뻔히 있으면서 가만히 두는 자식이랑 나는 사랑에 빠지진 못할 거 같네. 사랑이란 건 그런 게 아니잖아."

감탄하는 시선이 명확하게 지나갔다. 잘난 척을 하면 안 되는 타이밍이다. 공을 다른 데로 돌리면서 지금 달아오른 분위기를 활용해야 했다. 빠르게 머리를 굴렸다.

"난 아데로젠이잖아. 일요일이면 교회에 가니까. 우리 수녀님이 이런저런 얘기를 많이 해 줬어."

"수녀님은 결혼도 안 하잖아."

"그러니까 다른 사람들의 더 많은 경험을 옆에서 지켜보잖아. 그리고…."

애쉴리가 하듯 목소리를 낮췄다. 저도 모르게 머리들이 모여들었다.

"수녀님은 글을 알잖아. 신문이나 잡지에 실리는 소설들을 많이 읽으셨더라고."

"소설?"

벨이 곧바로 꿈꾸는 듯 황홀한 표정을 지었다.

"그렇게 재밌다며. 나도 진짜 꼭 한 번만 읽어 보고 싶은데."

"그러니까 말이야. 우리…."

침을 꼴깍 삼켰다.

"글자 배울래?"

하늘이라도 무너진 것마냥 애쉴리가 소리를 질렀다. 클레어가 얼른 애쉴리의 입을 틀어막았다.

공장에 다니는 계집애들에게 글자를 가르쳐 줄 사람은 없었다. 글자를 배운다는 사실이 알려지는 것도 부담스러운 일이었다. 우리는 절대 비밀로 하기로 하고, 조용히 교본을 구했다. 동네에서 샀다가는 괜히 입방아에 오르내릴 것 같아서 굳이 열차를 타고 옆 동네까지 가서 책을 샀다. 벨과 애슐리는 금세 눈물이라도 흘릴 것 같았다. 신문도 읽을 거고, 소설도 읽을 거고, 고향으로 편지도 쓰겠다고 했다. 고향에 편지를 써 봤자 읽는 사람이 없을지도 모르지만, 하다못해 학교 선생이라도 읽어 주지 않겠느냐고 했다.

첫 수업 전날, 나이자 메리는 설레는 마음에 교본을 한 글자라도 먼저 읽어 보고 싶어서 허리춤에 매고 공장에 왔다. 공장의 많은 소녀가 그렇듯 다리를 저는 메리는, 물레를 밟는 데 힘을 반대로 주다가 툭, 교본을 떨어뜨렸다. 허겁지겁 주웠지만, 눈치 빠른 누군가는 이미 떨어진 교본 표지를 본 다음이었다.

공장 뒤편에서 아이린과 독대하며 나는 속으로 안도의 한숨을 내쉬었다. 아이린이 생각대로 움직여 준 건 정말 너무나도 다행이었다. 신분 상승 욕구가 이 정도로 강하다면 글자를 배우고 싶은 마음이 없을 리가 없었다. 어쨌든 아이린은 매일 술독에 빠져서 지내지도 않았고, 그렇게 많은 남자와 자면서도 한 번도 임신한 적이 없었다. 적어도 이렇게 살지 않으리라는 감각만은 예리한 소녀였다.

해가 진 다음 공장 뒷마당에 나는 쭈뼛거리며 아이린을

데리고 등장했다. 벨과 애쉴리, 클레어의 얼굴이 모두 사색이 되었다. 벨이 내 팔을 잡아끌었다.

"너 무슨 짓이야."

내가 변명을 하기도 전에, 아이린이 먼저 입을 열었다.

"너희들도 다 알다시피, 메리 쟤가 다리 병신이라 교재를 허리춤에서 떨어뜨렸어. 그래서 내가 봤지."

'다리 병신'이라는 말에 애쉴리가 파르르 떨며 아이린을 바라보았다. 의리가 있는 친구였다. 나는 괜찮으니 화내지 말라는 듯, 애쉴리의 어깨에 가볍게 손을 얹었다. 아이린은 그런 우리를 심드렁한 눈으로 보다가 계속 말을 이었다.

"작업반장한테 당분간 공짜로 자 주는 걸로 하고 등심지랑 기름, 열쇠를 받아왔어. 괜히 갈 데도 없는 데서 헤매지 말고 공장에서 하자."

클레어가 열쇠를 낚아채려고 하자, 적어도 클레어만큼 키가 큰 아이린이 손을 획 뒤로 숨겼다.

"나랑 같이하면."

아이린이 앞장서서 공장 구석으로 다시 들어갔다. 앞치마가 쌓여 있는 한쪽 구석의 램프에 조심스럽게 불을 붙이자, 구석에 웅크리고 앉아 있던 작은 몸이 눈에 들어왔다. 열다섯 살 치고는 아무래도 너무 작은 메리만큼이나 조그마한 소녀, 앤이었다. 앤은 꼬질꼬질한 손을 앞치마에 닦으며 이쪽으로 다가왔다.

"아이린한테 들었어. 너희가… '그걸' 배운다고."

아이린의 표정은 여전히 심드렁했다. 너무 많은 것을 보고 익혀 버린 열여덟의 얼굴이었다.

"'그걸'이라고 말할 필요가 있어? 글자잖아."

글자라는 말을 듣자 그 자리에 있는 모두가 숨을 죽이며 굳었다. 적어도 공장에서 일하는 소녀들이 배울 만한 것은 절대 아니었다. 글자를 읽고 쓸 줄 안다는 걸 알게 되면 공장에서도 잘릴 확률이 높아졌다. 그나마 인쇄소에는 글자를 읽을 줄 아는 여자들이 있다고 듣긴 했지만, 거기에서도 조판하는 소녀들은 도형의 생김새를 꿰어 맞추듯이 조판하고 있었다.

"작업반장은 여기서 우리가 글자 배우는 줄 몰라. 펍에서 술 먹으면 남자들이 있어서 위험하니까 우리끼리 술이나 먹는 줄 알지. 걱정하지 말고 교재나 꺼내."

클레어는 품에서 조심스럽게 교재를 꺼냈다. 교재의 첫 장, 나는 천천히 잘 모르는 척 한 글자씩 글자를 짚어 내려갔다. 우리 수녀님 핑계를 대면서. 클레어에게 처음으로 글자를 가르친 건, 당연하게도 에릭이었다. 에릭을 지속적으로 만나야겠다는 마음을 먹게 만든 것도 클레어의 학구열이었다. 클레어의 끔찍한 집에서 그녀를 나오게 한 것, 조금 더 나은 삶을 꿈꾸게 한 것, 에릭과 함께하는 삶이 아름다울지도 모른다고 생각하게 한 것, 그 모두가 그녀의 학구열에서 비롯된 것이었다. 그리고 에릭은 오직 사랑 때문에 클레어를 끝까지 뒷받침해 주는 훌륭한 연인이었다.

열심히 하나씩 글자를 읽는 클레어의 옆모습을 보면서, 나는 묘한 쾌감에 사로잡혔다. 이건 이전 세계에서도 종종 겪던 쾌감이었다. 온전히 회사에서 조금이라도 나은 위치를 고수하고자 노동조합을 만든 이들은, 끝내는 자신이 처음에 꿈꾸던 것과는 완전히 다른 선택을 하곤 했다. 그들은 사장과 완전히 척을 졌고, 다시는 돌아올 수 없는 길을 택했다. 나는 그 옆에서 뭐라 말할 수 없는 짜릿함을 느꼈다.

물론 지금은 조금 상황이 달랐다. 나는 살아남아야만 했다. 지금 당장 원래 세계로 돌아가지 못할 거라면, 내가 원래 하던 일을 해 나가며 버텨야 했다. 그리고 그건 어쩌면 아주 이상한 방식의 악녀가 되는 일일지도 몰랐다. 에릭과 함께라면 온갖 시련을 버티고 끝내 행복을 쟁취할 아름다운 클레어는, 에릭에게 글자를 배울 기회를 벌써 잃어버리고 있었다. 그녀의 삶에 아무런 영향을 끼칠 이유가 없는 내가 삽입되었기 때문이다.

글자를 배우는 소녀들은 절실했다. 절실함은 금세 서로에게 전염되어, 애슐리, 벨, 클레어, 메리, 아이린, 앤은 금세 서로를 미워하던 마음을 접었다. 문장을 띄엄띄엄 읽을 수 있게 되자, 나는 얼른 신문과 잡지를 구해다 한밤중의 공장으로 배달했다. 처음에는 그녀들이 그렇게 바라던 로맨스 소설부터였지만, 점차 바닥에 떨어진 호외, 철강 공장에 돌아다닌다는 신문 쪼가리, 온갖 잡다한 글들을 가지고 왔다.

머리가 가장 좋은 건 아이린과 클레어였다. 특히 클레어는 신문의 모든 면에 비상한 관심을 보였다. 역시 에릭의 사업을 대륙 전체 스케일로 끌어올린 두뇌다웠다. 아이린은 생존과 밀접한 단어들을 가장 먼저 파악했다. 돈과 관련한 내용, 언제 어디에 사람이 몰릴 것인지, 또 유행하는 패션은 어떤 것인지 같은 것들이었다. (아이린은 내게 길거리 매춘에도 어느 정도 유행하는 패션이 영향을 미친다는 걸 대충 설명해 줬지만, 아이린이 그걸 따라한 복장은 아무래도 전혀 비슷해 보이질 않았다.) 그럼에도 가장 매력적인 건 로맨스 소설이었다. 로맨스 소설의 여주인공들은 죄다 하나같이 부잣집 가정교사였고, 그들이 빈민층 근처에도 오지 않는 사람들임을 뻔히 알면서도 우리는 정신 나간 사람들처럼 밤마다 로맨스 소설을 탐닉했다.

연재되던 소설『참을성 있는 소녀』가 완결되던 날, 우리는 모두 멍하니 공장 천장만 보고 있었다. 한숨을 쉬며 벨이 먼저 벌러덩 드러누웠고, 하나씩 따라서 공장 바닥에 드러누웠다.

"소설 속에서 여자 주인공들은 어떻게 저렇게 살까."

"맞아, 술도 안 마시고, 남자랑 자지도 않고. 나도 남자랑 자는 건 임신이 무서워서 아직 못 해 봤지만."

"임신 한 번 하면 신세 망치는 건 금방이라고 하잖아."

"술을 입에 대면 임신하기까진 순식간이지. 우리도 금방 늙고 병들고 아이가 딸린 채 이빨이 빠질 거야."

발을 확 차올리면서 아이린이 벌떡 일어났다.

"『참을성 있는 소녀』잖아. 줄리엣은 참을성이 있었던 거야. 나는 무슨 일이 있어도 술은 안 마셔. 남자랑 자는 것도 빈민가의 막 구르는 사람들처럼 쾌락을 위해서 자는 게 아니야. 나는 작업반장이나, 제조업자나, 하다못해 철강 공장 사람이랑 자. 소매치기나 도자기 공장 사람은 지가 뭐라고 하건 거들떠보지도 않는단 말이야. 돈을 많이 벌어서, 어떻게든 이다음을 찾을 거라고."

이번엔 클레어가 자리에서 일어났다.

"우리는 이제 글을 읽을 수 있잖아. 조금은 다른 생각을 할 수도 있어. 우리가 로맨스 소설만 읽은 건 아니잖아. 신문에서 훌륭한 사람들이 술을 마시지 말고 방종하게 살지 말아야 한다고 쓴 좋은 글들도 많이 읽었어."

나는 몸을 천천히 일으켜서 벽에 기대앉았다.

"나는 좀 생각이 다른데. 참을성은 사람마다 다를 수밖에 없어. 물론 정신력으로 버티는 사람들도 있겠지만, 어떻게 그렇게 버텨? 우리가 매일 이렇게 일을 하는데? 우리 아빠랑 엄마는 매일 고주망태가 되어서 들어오지만, 내가 사는 그 합숙소에선 그렇지 않은 사람이 없어. 그나마 나는 너희랑 책 읽느라 안 그럴 뿐이지."

벨이 슬픈 표정으로 날 바라보았다.

"난 우리 모두가 알콜중독자가 되고, 배수로에 곧 나뒹굴 수도 있다고 생각해. 근데 그걸 누가 뭐라고 할 수 있겠어. 우리는 줄리엣이 아니잖아. 우리는 기숙 학교에 다니지도 못했고, 글도 지금 우리끼리 간신히 배우기 시작했고, 앞치마라도 새로 살려고 생각하면 하루에 열네 시간을 공장에서 일만 해야 해. 이런 사람들이 술을 안 마시면 대체 뭘로 견딜 수가 있어? 훌륭한 사람들은 참을성 있게 하루를 견딜 수 있겠지, 이곳에서 죽도록 일하지 않으니까. 누구 애인지도 모르는 애를 낳은 채 애를 먹이지도 못 해서 가슴을 온통 모유로 적시면서 일하는 동료를 보지 않아도 되니까."

한나의 이야기였다. 요즘 점심시간만 되면 한나는 가슴을 쥐어짜면서 울었다. 아이는 다른 곳에 맡겼다고 했다. 아이를 먹이지 못한 가슴이 퉁퉁 불어서 몹시도 아프다고 했다. 마음 착한 클레어는 때때로 점심을 포기하고 한나의 가슴을 함께 짜 주곤 했다. 한나의 아이 머리 색깔은 파랗다는 소문이 있었다.

애쉴리가 문득 생각났다는 듯이 자리에서 일어났다.

"아, 나 오늘은 들를 데가 있어."

그 말을 들은 클레어가 곧바로 벌떡 자리에서 일어났다.

"그래, 맨날 늦게 들어가면 좀 그렇지. 오늘은 일찍 헤어지자."

나는 눈을 동그랗게 뜨고 두 사람을 바라보았다. 애쉴리는 아마도 도르래꾼 청년을 만나러 가는 것이리라. 아데로젠인 그 녀석은 우리 가족과 같은 합숙소를 쓰고 있었다. 이 세계로 떨어진 첫날 집요하게 내 엉덩이를 지분거리던 것도 그 녀석이었다. 요즘 애쉴리는 유난스레 아데로젠을 깎아내리는 게 늘었다. 그 모든 걸 내가 그냥 농담으로 받아들여 주니 더 심한 거 같긴 하지만, 아마도 그 청년 때문에 더 그럴 것이다. 아데로젠이라는 정체성이 신경 쓰이고, 아데로젠과 엮이는 게 두려운 마음에 계속 거친 농담을 던져대는 것이겠지. 점심때쯤 한 말이 유난히 신경쓰였다. 애쉴리는 굳이 내 눈을 빤히 바라보며 말했다. 절대로 아데로젠 혼혈은 임신 안 할 거야.

원작에서도 애쉴리는 아데로젠 도르래꾼과 엮였다. 도르래꾼은 애쉴리를 배신한 개새끼처럼 나왔지만, 지금 이 안에서 보니 그냥 평범한 이 세계의 노동자였다. 이 여자 저 여자 건드리고 다니던 아데로젠 도르래꾼은, 애쉴리의 언니를 강간하다 애쉴리에게 걸린다. 거기서 애쉴리는 클레어와 에릭을 찾으러 나왔던 에릭의 아카데미 친구 비에른을 만나야 하는데. 비에른과 티격태격하다가 사랑이 깊어지는 귀여운 이야기의 주인공이 되어야 하는데. 그리고 지금 이 자리에서 애쉴리만큼 클레어가 누굴 만나러 가는지도 뻔했다.

나는 짐을 챙기면서 잠시 생각했다. 애쉴리를 막을 것인지, 클레어를 막을 것인지. 내가 들어와 있는 세계는 『프록코트 청년을 조련하는 방법』이었다. 그걸 떠나서도, 이 싸움에서 더 필요한 존재는 명백하게 클레어였다. 애쉴리가 비에른을 만나선 안 되었다. 그러기 위해서라도 클레어와 에릭을 막아야 했다. 비에른이 에릭과 클레어를 발견하게 하면, 그다음은 일사천리였다. 비에른이 알아서 에릭을 데려가 줄 것이다.

약간 상기된 클레어의 뺨을 바라보았다. 클레어는… 클레어의 손에 든 교재, 낡은 치마, 열심히 빗어서 하나로 틀어 올려 보닛으로 가린 머리카락. 클레어는 명백하게 우리 세계에 속한 사람이었다. 철강 공장에서 돌린 유인물을 열심히 읽던 클레어는, 어쩌면 에릭을 이제 사랑할 수 없어졌을지도 몰랐다. 거기까지 생각하자 마음속에선 다른 가능성이 고개를 들었다. 어쩌면 우리의 비밀 결사를 에릭에게 말할지도, 철강 공장에서 오가고 있는 심각한 이야기들을 에릭에게 전달할지도 몰랐다. 어쨌든 아직까지 클레어는 내 동지가 아니었다. 그저 동료일 뿐이었다. 나는 클레어의 뒤를 정신없이 밟기 시작했다.

클레어와 에릭은 원작에서 그렇듯 대로변의 펍에서 만날 것이었다. 빈민가의 펍은 위험했고, 상류층이 오가는 곳엔 클레어가 들어갈 수 없었다. 다리 밑에서 보고 있자니, 꽃 파는 아가씨가 망토를 벗은 채 다리를 드러내고 꽃을 팔기 위해 애를 쓰고 있었다. 꽃 파는 아가씨에게 지분거리는 녀석들은 있었지만, 아무래도 꽃은 잘 팔리질 않았다. 클레어가 그 옆을 두리번거리고 있자니 에릭의 심복인 쿤이 다가와 클레어에게 로브를 하나 건넸다. 클레어는 얼른 로브를 뒤집어썼다. 그렇게 화려하진 않지만, 빈민가의 옷차림은 감출 수 있을 정도였다. 아차, 곤란했다. 다리 밑에서 그걸 훔쳐보던 내겐 아무것도 없는데. 대로변의 펍이 어딘지는 알고 있었다. 나는 얼른 몸을 돌려서 다리 위로 올라갔다. 클레어와 에릭이 다른 곳으로 가기 전에 따라붙어야 했다. 꽃 파는 아가씨의 망토를 바로 주웠다. 집으로 돌아가는 길이 좀 걱정되긴 하지만, 나도 어쩔 수가 없네요.

펍에서 만난 둘의 데이트 장면도 선연히 기억했다. 생전 처음으로 술을 입에 대 본 클레어는 금세 취해서 쓰러지고, 그런 클레어를 어찌하질 못하여 에릭은 쿤과 함께 클레어를 데리고 자기 집으로 들어간다. 거기에서 클레어는 다시는 빈민가로 돌아오지 않는다. 이런 류의 로맨스가 그렇듯이, 클레어의 삶은 완전히 바뀌어 버리는 것이다. 사실 진짜 이야기는 여기서부터 시작이나 마찬가지였다. 어떻게든 그걸 막아야만 했다.

데이트를 하는 도중에 클레어가 술을 먹지 않도록 하는 건 불가능에 가깝다. 그렇다면 지금 에릭을 찾아 헤매고 있는 비에른이 클레어와 에릭을 발견하기만 하면 된다. 애쉴리와 사랑에 빠지기 전까지, 비에른은 명백하게 빈민 혐오자였다. 애쉴리와 사랑에 빠진 다음에도 오직 애쉴리, 벨, 클레어만 특별 취급하는 인간이다. 에릭과 클레어 사이에 쌓여야 했을 많은 이야기는 가로채 둔 상태였다.

그렇다면 에릭은 차마 클레어를 집까지 데리고 가진 못할 것이다. 비에른도 펍 안까지 잠깐 쫓아 들어왔다가 에릭을 발견하지 못했다. 비에른을 그때 붙잡으면 되겠지. 나는 망토를 여미고 서둘러 둘을 따라갔다.

펍에 도착해서 클레어가 보이는 입구 쪽에 자리를 잡고 대충 맥주를 한 잔 시켰다. 대로변의 펍이라고는 해도 그리 상태가 좋지만은 않았다. 고주망태가 된 노동자들은 어디나 보였다. 그나마 빈민가처럼 아이를 한 손에 안은 엄마들이 술에 만취해서 갓난아기에게 술을 먹이지는 않았지만. 그 사이에 머리카락도 몸도 열심히 가린 채, 에릭을 마주한 클레어가 보였다. 눈빛은 환상처럼 빛났고, 얼굴은 전에 없이 행복해 보였다. 이렇게 난리를 쳐도 안 되나. 그녀는 틀림없이 사랑에 빠져 있었다.

여자 혼자 앉아 있는 테이블은 눈치가 뻔했다. 번갈아 가며 남자들이 앉았다가 얼굴의 반점을 보고 어깨를 으쓱하며 자리를 비켰다. 그중에서도 집요한 녀석이 있었다. 아무렇지 않게 파란 머리를 드러내고 내 앞에 앉은 녀석은 애쉴리의 연인인 그 아데로젠 도르래꾼이었다.

"메리 아니야? 술도 먹나 보지?"

"비켜."

"어차피 이따 집에서 볼 텐데 너무 차갑게 굴지 말지."

술냄새가 훅 끼쳤다. 나는 시선을 클레어에게 고정한 채 한 마디도 떼지 않았다. 도르래꾼 녀석은 몇 마디 쓸데없는 말을 더 주워섬기다가 자리에서 일어났다. 클레어는 홀짝홀짝, 계속 술을 들이켜고 있었다. 클레어가 맥주를 한 잔 다 비웠을 때, 나도 입에 맥주를 갖다댔다. 의외로 이 세계관, 맥주는 맛있다고 생각하면서 반 잔 정도 비웠을까, 갑자기 머리가 핑 돌았다. 중요한 걸 잊고 있었던 것이다. 이 몸은 서른 살도 아니고, 정선경도 아니었다. 열다섯 살 메리는 한 번도 술을 입에 대 본 적이 없는 가난한 아데로젠이었다. 글렀군. 천장이 빙글빙글 돌았다. 세상이 엉망으로 돌아가는가 싶을 때, 갑자기 비에른이 나타났다. 비에른의 얼굴이 서너 개로 보였지만, 틀림없는 비에른이었다. 비에른이 펍의 위생 상태에 얼굴을 찌푸리며 도로 나가려는 찰나, 나는 비틀거리며 덥석, 비에른의 팔을 붙잡았다.

다리를 저는 계집애의 팔을 비에른이 뿌리치려고 하자, 나는 더욱 억세게 팔을 붙잡았다. 이미 클레어는 취할대로 취해서 손뼉을 치고 있었다. 내 머리 위로 뒤집어쓴 망토가 벗겨졌고, 파란 머리카락이 흩어지듯 드러나자, 취한 클레어는 멍하니 내게 눈을 맞췄다.

"메리…?"

파란 머리카락이 감히 자기 팔을 잡았다는 사실에 기겁한 비에른이, 내 이름을 부른 여자를 바라보고, 그 여자의 맞은편에 앉은 에릭을 바라보기까지는 시간이 많이 걸리지 않았다. 비에른이 소리를 지르는 사이에 나는 조용히 펍을 빠져나왔다. 클레어는 빈민가를 꽉 쥐고 있는 소매치기 오빠가 있으니 위험해지진 않을 것이다. 문제는 오히려 내 쪽이었다.

빈민가의 안마당에는 오물이 가득했다. 누군가의 집에서 나온 음식물 쓰레기와 소변, 대변들이 뒤섞인 안마당 구석에 대고 나는 한참을 구역질했다. 술에 취한 몸은 금세 열이 올랐다. 남들과 몸을 꼭 붙이고 하루 열세 시간, 열네 시간씩 일하던 몸은 이제 더는 견딜 수 없다는 듯이 발갛게 달아올라 쿵쾅거렸다. 심장이 멈출 수 없이 빠르게 뛰었고, 가슴이 터질 것 같았다. 이럴 순 없었다. 이건 인간이 견딜 수 있는 삶이 아니었다. 글자 공부 같은 게 무슨 소용이람. 글자를 읽는 것으로 마음이 다잡히던 시절은 2023년의 대한민국에서나 가능했다. 그런 걸 하기엔 이 세계는 도저히 삶을 삶으로 놓아두지 않았다. 로맨스 소설을 한참 읽다가 앤이 신문을 집어던지던 때가 떠올랐다.

"이건 꿈이야, 꿈은 아무것도 만들어 주지 않아."

맞는 말이었다. 우리는 모두 아침마다 우리의 싸움을 시작해야만 했다. 몸은 견딜 수 없이 지쳐 있었고, 나는 누군가의 온기가 너무도 필요했다. 그 와중에 갑자기 비가 내리기 시작했다. 누군가의 배설물과 내 토사물이 같이 뒤섞여 내 신발 위로 흘러내렸다. 달아오른 몸 위에 미적지근한 물이 쏟아지자, 나는 토하다 말고 울음을 터뜨렸다. 등 뒤에 누군가의 뜨거운 손이 달라붙었다. 손이 닿는 순간 달아올랐던 몸이 어찌할 바를 모르고 떨렸다. 나와 똑같은 파란 머리가 취한 시야에 들어와 흔들렸다. 그 도르래꾼이었다.

도자기 공장의 도르래꾼이라면 이 녀석도 메리와 거의 비슷한 시기부터 일을 시작했을 것이다. 메리가 물레를 밟을 때 작은 몸으로 도르래를 밟았을 것이다. 메리와 다른 점이라면, 메리는 계속 일을 할 수 있지만 이제 이 사람은 머잖아 해고될 것이라는 점이다. 소년이 아닌 도르래꾼을 쓰는 공장은 어디에도 없다. 소년의 작은 몸으로, 그냥 밟기만 하는 일이니까. 해고되고 나면 어딘가에서 소매치기나, 강도나, 사기꾼이 될 것이다. 애쉴리 같은 여자를 하나 물어 등쳐 먹으면서 살 수 있을지도 모를 일이다. 나는 도르래꾼의 품에 안겨 목놓아 울었다. 도르래꾼은 내 허리를 꽉 끌어안았다. 쏟아지는 빗속에서 도르래꾼이 나를 들쳐업듯이 들고 합숙소로 들어가는 것도 어렴풋했다. 도르래꾼의 목소리가 꿈속에서처럼 울렸다.

"메리, 내 이름은 스콧이야."

스무 명, 아니 서른 명이 겹쳐지듯이 잠이 드는 합숙소에선 언제나 누군가의 신음소리가 들리곤 했다. 도르래꾼이 내 옷을 벗겨 나가는 걸 느꼈지만, 내 손은 힘이 없었다. 이 방 어딘가에 엄마와 아빠가 있을 텐데, 도르래꾼이 마지막 속옷을 벗기기 전에 그 생각을 잠시 했지만 금세 지워졌다.

새벽 5시 반의 공장, 뜨거운 방적기들 사이에서 애쉴리는 거침없이 내게 달려들었다. 즉각적으로 나를 떠밀고 소리를 지르며 주먹을 날렸다. 얻어맞으면서도 생각했다. 정말 멋진 소녀다. 얻어맞으면서 잠깐 고개를 들 때마다 애쉴리의 눈을 보았다. 애쉴리의 초록색 눈이 분노로 떨리고 있었다. 배신감은 일방향이 아니었다. 스콧에 대한 배신감과 나에 대한 배신감이 번갈아가며 애쉴리를 괴롭히고 있을 것이었다. 얼굴이 퉁퉁 부을 때쯤, 몇몇 소녀들이 애쉴리를 내게서 떼어냈다. 애쉴리는 바닥에 주저앉아 목놓아 소리쳤다. 말이 되지 않는 소리들이 공장 여기저기를 메아리쳤다.

"네가, 네가 우리는 짐승처럼 살지 말자고 했잖아. 네가 어떻게 나한테 이럴 수가 있어."

뺨은 금세 부어올랐다. 나는 바닥을 손으로 내리치며 같이 맞대고 소리질렀다. 소리를 지르면서도 생각했다. 아, 이러면 안 되는데. 안 되는 걸 알지만 멈출 수가 없었다. 내면에서 소용돌이치는 분개를 천천히 느꼈다.

"죄야? 그게 죄냐고. 내가 어제 어땠는지 네가 알아?"

"친구 애인이랑 썹질하는 게 법에 안 걸리면, 내가 널 죽여 버릴 거야."

애쉴리가 바닥에 침을 퉤하고 뱉었다.

"너 같은 년이랑 같이 글자를 읽고, 어디 소식을 접하면서 사람답게 살자고 말한 거 자체가 부끄럽다. 다시는 널 안 볼 거야. 너는 글자를 배우고 아무리 뛰어난 글을 읽어도, 아니, 설마 네가 그런 글을 쓴다고 해도 짐승이랑 똑같아."

공장 전체가 웅성거리는 소리가 들렸다. 들었어? 글자를 읽는대. 메리가? 애쉴리도 읽나 봐. 언제부터? 자기들끼리 배웠나 본데. 세상에, 그런 걸 할 수가 있어?

웅성거림을 잠재운 건, 내가 고른, 자질 있는 리더였다. 6시면 작업반장이 출근할 시간이었다. 클레어의 부드러운 목소리가 단호하게 울려퍼졌다.

"짐승이니 아니니 그걸 누가 정하는데. 교회가? 공장장

들이? 제조업자들이나 학교 선생들이?"

클레어가 언성을 높이니 금세 공장은 그녀에게 귀를 기울였다. 이게 주인공 버프일지, 클레어 자신이 원래 가지고 있는 힘일지 생각했다.

"6시면 작업반장이 출근해. 출근해서 너희가 치고받았다는 걸 알게 되면 애쉴리도 메리도 잘릴 수 있어. 애쉴리는 오늘 하루 돈을 못 벌면 집세를 낼 수가 없고, 메리는 저 말도 안 되는 합숙소에서 쫓겨나서 멀건 죽도 못 먹을수도 있어. 그건 짐승 같은 짓이 아니야? 우리를 사람으로만드는 도덕이 뭔데? 애쉴리, 너는 우리를 사람 같지도 않게 대하는 작업반장한테도 지금처럼 덤빌 수 있어?"

애쉴리가 아무 말 없이 고개를 숙였다.

"사람답게 산다는 건, 진짜 사람답게 사는 거지. 이미 사람이 아닌 상태에서 우리가 뭘 어떡하냐고. 어제 메리가 말했듯이…"

클레어의 눈에서 명백한 경멸을 읽었다.

"사람마다 참을성은 다를 수밖에 없는 거야."

클레어가 우리를 둘러싼 군중들을 휘휘 돌아보며 말을 이어 나갔다.

"작업반장한테 얘기 안 할 거지?"

누군가 불쑥 소리를 높였다.

"말 안 해. 이건 너희끼리 일이야. 우린 동료야."

클레어의 입가에 엷은 미소가 스쳤다.

"난 이게 도덕이라고 생각해. 지키라고 남들이 말하는 게 아니라, 우리의 도덕이야. 이제 일할 준비 하자."

모두가 자기 방적기 앞으로 돌아가고, 클레어는 나를 우리가 글자 공부를 하던 구석으로 데려갔다. 방적기에 베이거나 데인 이들을 위해 공장에 비치되어 있는 작은 약통을 꺼내 와서 찢어진 입에 발라 주었다. 나는 조용히 클레어의 응급 처치를 받았다.

"작업반장이 혹시 얘기하면, 합숙소에서 나오는 길에 부랑자랑 시비가 붙었다고 하자."

묵묵히 고개를 끄덕였다. 클레어는 하고 싶은 말이 많은 표정으로 가만히 날 보았다. 어제 펍에 왜 있었는지부터, 물어볼 말은 산더미 같을 테다. 뭐든간에 대답할 각오를 다지고 있었는데, 클레어는 왼손을 들어 다치지 않은 쪽 내 뺨을 가볍게 때렸다.

"넌 애쉴리의 우정을 배신했어. 그건 우리 모두의 우정을 배신한 거야."

그날 이후 아무도 내게 말을 걸지 않았다. 공장 내의 모든 인간관계에서 약간 비껴 서 있는 것 같은 아이린이 유일하게 안부를 묻는 사람이었다. 그럼에도 일상을 꾸준하게 버텨 나가던 어느 날, 한 무리의 소녀들이 조심스럽게 종이 하나를 들고 내게 다가왔다. 열세 살에서 열여섯 살 정도 되어 보이는 작은 아이들은 무슨 위험한 것에라도 접근하는 마냥 주춤거렸다.

"메리, 저…."

"그때, 애슐리랑 싸울 때 말인데."

내가 빵을 씹다 고개를 들자 아이들은 화들짝 놀라며 한 번 더 웅크렸다.

"네가 글자를 읽을 줄 안다고, 애슐리가 그랬잖아. 정말이야?"

나는 종이를 향해 손을 내밀었다. 들고 있던 아이가 얼른 종이를 내 손에 쥐여 주었다. 인쇄 상태가 그리 좋지 않은 전단이었다.

"어제 우리가 철강 공장 애들이랑 조금, 어… 어울렸거든."

"근데 걔네가 자기 공장에서 이런 게 돌고 있다면서 엄청 흥분해서 얘기를 하더라고."

"우리는 글자를 못 읽어서, 걔네가 읽어 주기는 했는데… 걔네도 앞부분밖에 못 읽었어."

"파업? 파업이라고 했는데."

총파업. 목 뒤의 솜털이 바짝 서는 글자가 쓰여 있었다.

원작에서는 분명 이런 이벤트는 없었는데. 아니, 있었을 지도 몰랐다. 그냥 클레어와 에릭의 시야 안에 잡히지 않은 걸 수도 있었다. 아이린이 전단을 보면서 가볍게 어깨를 안고 지나갔다.

"총파업? 그게 뭔데?"

나는 조용히 전단을 접어서 주머니에 넣었다.

"이거, 어디 가서 말하지 마. 나중에 다시 얘기해 줄게."

퇴근길, 제각기 공장을 빠져나오는 소녀들은 삼삼오오 모여서 무언가 떠들어댔다. 애쉴리, 나, 아이린은 같은 방향으로 발길을 옮겼지만 더 이상 함께 걷지 않았다. 묵묵히 수도의 밤거리로 발을 내딛는데 갑자기 뒤에서 휙, 휘파람 소리가 들렸다.

"메리, 애쉴리."

두 이름을 한꺼번에 부르는 목소리에 둘다 당혹스러운 표정으로 뒤를 돌아보았다. 스콧이었다. 그 목소리를 들은 아이린도 고개를 돌렸다. 스콧은 아이린의 얼굴을 보자마자 비명을 질렀다.

"야, 너!"

아이린은 빙그레 미소 지으며 눈썹을 까딱거렸다. 능청을 부리고 싶을 때면 꼭 나오는 표정이었다.

네 사람은 원탁을 둘러싸고 앉았다. 스콧은 맥주 네 잔을 시켰다.

"어제 도박에서 조금 땄으니까, 아가씨들한테는 내가
술 한 잔 사지. 너한테는 정말 사고 싶지 않지만."

스콧의 매서운 눈초리에 아이린은 고개를 까딱했다.

"뭐야, 그게 내 탓이야? 나는 이제 다 나았는데. 친구 사
이에 끼어들어서 아무 여자한테나 지분거리는 개자식한
테 딱 어울리는 병인데 뭘 그래."

그 장면이었다. 에릭에게 접근하려던 아이린을 배신하
고 비웃던 제조업자에게 아이린은 성병을 옮겼다. 아내가
성병에 걸려서 앓아 누웠을 때, 아이린은 꼴 좋다면서 깔
깔대고 제조업자를 비웃었다. 그의 아내는 허약했고, 신
열을 버티지 못했다. 제조업자는 아무렇지도 않게 아이린
을 매질해서 죽여 버렸다. 얻어 맞아 죽어가면서 아이린
은 잠깐 환각으로 클레어를 보지만, 끝내 마음을 고쳐먹
지 못한다. 이제 아이린은 죽지 않는다. 적어도 성병을 옮
기고 맞아 죽을 일은 없다. 나는 아이린을 덜컥 끌어안을
뻔했다. 성병이 옮은 스콧은 아무것도 가진 게 없었다. 제
조업자도 아니었고, 장인의 재산도 필요하지 않았다. 굳
이 아이린을 죽여야 할 그 어떤 이유도 없었다. 죽이기는
커녕, 조금 기분 나쁘기는 해도 있을 수 있는 경험 정도로
가볍게 넘어가고 있었다. 아니, 오히려 그는 지금 아이린

이 필요해 보였다. 그의 입에서 나온 말은 바로….

"총파업 얘기 들었어?"

진을 섞은 맥주를 두 잔 정도 들이켜고 난 애쉴리는 우선 아이린의 괴상한 복수에 박장대소했고, 그다음으로 나를 용서했다. 애초에 이 분개는 스콧을 너무 사랑해서 벌어진 일조차 아니었다. 그냥 우리는 글자를 배우던 그 소중했던 순간들이 으스러질지 모른다는 분노감에 몸을 떨었을 뿐이었다. 애쉴리의 인생은 스콧을 그리워할 정도로 쉽게 자신을 놓아두지 않았다. 공장의 소녀들은 사랑에 쉽게 빠졌다. 애쉴리는 불콰해진 얼굴로 내 손을 꼭 잡았다.

"메리, 네가 말했었지. 참을성이 없는 게 문제가 아니라 참을성이 없게 만드는 세상이 문제라고. 네 말이 맞아. 너는 그런 세상의 주박에 걸린 거야."

그 사이에 애쉴리가 어떤 글들을 읽어 왔는지 문득 궁금해졌다. 거친 사투리가 섞여 있었지만 사용하는 표현들은 아름답게 서로 맞물리고 있었다.

"하지만 그런 순간에도 그런 선택을 하지 않는 사람이 있어. 네가 그런 사람이었다면 더 좋았겠지만, 아니라고 해도, 나한텐 내 친구가 더 중요해."

애쉴리는 자기 손에 있던 잔을 깨끗하게 비웠다. 소매

로 입가를 훔치더니, 말을 이어나갔다.

"어쩌면 우리가 이제 더는 친구가 아닐지 몰라. 하지만 그래도 우리는, 같이 책을 읽었고, 같은 곳을 보려고 했잖아. 그건 친구보다도 더 굉장한 걸지도 몰라. 나는 이런 이야기를 우리 엄마하고도 언니하고도 하지 못하는데 말이지."

나는 아까 받아 온 전단을 조용히 테이블 사이에 내려두었다. 아이린과 애쉴리가 번갈아 그 전단을 읽기 시작했다. 머리를 맞대고 전단을 읽어 내려가는 소녀들을 보며, 나는 익숙한 단어를 입에 담았다.

"그런 건 친구 말고 동지라고 하는 거야."

"동지, 흠. 동지란 말이지."

아이린은 동지라는 단어의 어감이 퍽 마음에 든 듯, 몇 번씩 동지라는 말을 되뇌었다.

"우리가 서로를 동지라고 생각할 수 있다면, 그리고 이 전단 안에 있는 말들이 우리 마음이랑 같다면 말이지."

지금이 기회였다. 주어진 기회를 놓치면 다음 기회는 쉽게 오지 않았다. 조직은 만들 때가 왔을 때 속도를 내서 만들어야 하는 법.

"스콧이 일하는 도자기 공장은 철강 공장이 멈출 때 멈춘다고 했지. 그때 방직 공장도 멈춘다면 어떨까. 지금보다 다섯 시간 적게 일하고, 지금이랑 똑같은 월급을 받도록. 물레에서 손발을 다 같이 떼면 말이야."

"그러면, 다 같이 잘리지 않을까?"

"철강 공장 사람들은 안 잘리잖아."

"거기는 남자고. 노동조합도 있잖아."

"우리도 만들면 되지, 노동조합."

웬만해선 놀라지 않는 아이린의 눈이 휘둥그레졌다.

"우리가?"

"방직 공장에서 앞치마 두른 년들은 만들지 말라는 법은 없어."

나는 조금 더 목소리를 낮췄다.

"그리고 이 도시가 진짜 다 같이 멈춘다면, 저 새끼들은 다 뒈질 거고, 우리는 다 살아남을 거야."

믿을 만한 건 우리 여섯 명이었다. 클레어, 아이린, 메리, 애쉴리, 벨, 앤. 처음엔 모두에게 글자를 가르칠까도 고민해 봤지만, 총파업 날짜까지 시간이 그렇게 충분히 남지는 않아서 포기했다. 전단들과 신문을 읽어 주는 모임을 가지자는 아이디어는 길거리를 많이 쏘다니는 앤에게서 나왔다. 몸집이 작은 나와 앤이 전단과 신문들을 모아오면, 우리는 전단을 들고 이야기를 듣고 싶어하는 소녀 집단을 찾아다녔다. 공장에서 일하는 소녀들은 100여명이나 되었다. 너무 많은 소녀를 모아 놓아서도 안 되었다. 회합으로 보이지 않을 정도의 작은 그룹을 모아서 철강 공장과 도자기 공장, 충분히 쉬어도 되는 삶에 관해서 얘기했다.

절대 비밀이라고 모두에게 주의를 단단히 주었지만, 굳이 꼭 비밀이라고 말하지 않아도 비밀이 새어나갈 일은 많지 않았다. 작업반장은 우리가 열심히 일하지 않는 것에만 관심이 있을 뿐, 우리가 무슨 얘기를 하는지에 대해서는 아무 관심이 없었다. 우리는 아무렇지 않은 표정을 하고 값싼 화장품을 서로 주고받으면서 세상을 뒤흔들 아이디어를 주고받았다.

여섯 명이 공장 안을 들쑤시고 있다는 소문은, 작업반장한테는 안 들어가도 소녀들 사이에서는 빠르게 휘돌았다. 가난한 친구들은 겁이 많아서 꼭 삼삼오오 손을 잡고 함께 우리를 찾아왔다. 우리는 그때마다 먼저 그들의 손을 붙잡았다. 우리가 함께하면 철강 공장 아저씨들처럼 뭘 바꿀 수 있는지 얘기해 주었다.

한 번은 막냇동생 때문에 언제나 소매 끝이 동생의 콧물로 반질반질한 엠마가 의아하다는 듯이 입을 연 적이 있었다.

"방직 공장에 노동조합이 있었다는 말은 들어본 적이

없어. 방직조합? 말도 좀 이상하지 않아?"

당당하게 그 말에 대답한 건 벨이었다.

"철강조합도 처음엔 이상했을걸. 뭐든 다 처음이 있었을 거 아니야."

"아무리 그래도, 그 처음을 어떻게 우리 같은 나이 어린 여자애들이 만들어."

벨은 반들거리는 엠마의 소매를 걷어 올렸다. 어릴 적에 방적기에 덴 엠마의 화상 자국이 드러났다.

"네 손을 봐. 다치고 망가지면서 네 가족 다 먹여 살리는 건 너잖아. 너희 아버지는 이제 집에서 한 발짝도 안 나간다며. 너희 어머니는 돌아가신 지 오래고, 너희 집은 너 없으면 이제 끝장인 거 너도 뻔히 알잖아. 대체 네가 못 할 게 뭐야? 너도 그렇고, 나도 그렇고, 우리가 대체 못 할 게 뭐가 있어?"

그래도 이름 하나만은 자기 손으로 쓸 수 있도록 가르친 모든 가난한 시골 마을의 선생님, 목사, 동네 어르신들 덕분에, 노동조합 가입 명단에 소녀들은 거침없이 이름을 올렸다. 우리는 매일 밤 그 이름들을 끌어안고 글자를 배우던 그 조그마한 공간에서 정리를 하곤 했다. 서류를 잘 숨겨 두던 앤이 천진하게 고개를 들었다.

"총파업날 노동조합도 만들어지면, 우리 위원장은 누가

하는 거야?"

"당연히 클레어가 해야지."

망설임도 없이 내뱉고서, 나는 클레어의 얼굴을 살폈다. 클레어는 아무 대답도 하지 않고, 가만히 서류가 든 통을 만지작거렸다.

클레어의 집은 강변에서 2미터도 채 떨어지지 않은 위치에 있었다. 그 와중에 강보다 조금 더 낮았다. 언제건 물이 넘치면 죽을지도 모르는 집. 반지하가 이런 세계에도 있구나, 신기해하고 있자니 클레어는 자기 집 창문에 기대선 채 드디어 그 고백을 시작했다.

"메리, 나는 좋아하는 사람이 있어."

"알아."

클레어가 숨을 들이켜며 날 내려다보았다.

"너… 혹시…."

클레어의 시선은 분명히 의심스러웠다. 내가 빙의했다는 걸 클레어가 인지할 방법이 있나? 기껏 인지한다 해도 다른 세계에서 왔다는 정도가 한계일 것이다. 나는 클레어의 비밀과 맞먹는 비밀을 고백해야 할지 말아야 할지, 잠깐 망설이다가 일단은 한 번 삼키기로 했다.

"그 술집에서, 같이 있었던 거. 공장주 아들 맞지?"

"…그래. 나는, 지금 사랑에 빠져 있어. 우리가 하려고 하는 일은, 그 사람을 파멸에 빠뜨릴 거야."

클레어가 옳았다. 지금의 에릭이라면 분명 망할 것이다. 소설 속에서 에릭은 이 정도 지역적 파업으로는 웬만해선 망하지 않겠지만, 아직 에릭의 사업은 그렇게 전 세계로 뻗어 나가지 않았다. 에릭과 클레어가 함께하는 경제적 모험은 아예 사라져 버릴 것이다. 정확히는 에릭이 아니라 에릭의 아버지가 망할 것이다. 아카데미를 수료했으니, 에릭은 어디 취직이라도 하게 되겠지. 클레어나 나와는 그래도 조금 다른 삶이긴 하겠지만, 공장을 운영할 만큼 큰돈을 만지는 삶과는 아주 멀어지게 될지도 몰랐다. 소설이 거기까지 진행된다면, 이미 나는 이 소설에 더 이상 등장하는 인물이 아닐 것이다. 클레어와 나는 '우리'가 아니다. 아이린도, 앤도, 심지어는 우정을 유지하는 애쉴리와 벨조차 클레어에겐 '우리'가 아니다. 클레어의 짝은 에릭이다. 그리고 클레어가 빠져 버리면 '우리'는 끝장이다. 나는 '우리'라고 말했다.

"네가 사랑하는 사람은 멋지겠지."

"응."

"아름답고, 강하고, 위험한 순간에 너를 돕고, 이런 진창에 있는 너를 발견할 거야."

"맞아."

"그 사람을 지금 그 자리에 있게 한 건, 너랑 나야. 우리야. 아카데미를 수료할 수 있게 한 것도, 그토록 아름다운 위치에 그 사람을 놓아둔 것도. 금방이라도 수마가 덮칠 거 같은 네 집이, 스무 명이 넘는 사람들이 층층이 쌓여서 자는 우리 집이, 굽어 버린 테레사의 등이, 저는 내 왼쪽 다리가, 애쉴리의 상처투성이 손이, 네가 사랑하는 사람을 만들었어. 우리가 만들었는데, 네가 그 사람을 택하면 우리는 뭐야?"

클레어는 가만히 강을 바라보았다. 밤은 깊었고, 강물은 천천히 흘렀다. 클레어가 위원장으로 우뚝 서야 할 날은 바로 내일이었다.

"나는 네가 행복했으면 좋겠어. 그 사람이랑 행복하더라도 정말 괜찮아. 진짜 행복할 수만 있다면."

여기까지 와서 이제 더는 행복할 리가 없다.

"하지만 그 사람의 아름다움 아래에 우리가 있는 걸 이미 네가 아는데, 정말로 행복할 수 있어?"

뜨인 눈은 쉽게 감기지 않는다. 클레어는 아무 말 없이 오랫동안 강과 밤하늘이 만나는 곳을 지켜보았다. 공장 지대가 가득한 동네에는 별이 하나도 보이지 않았다. 클레어의 이름은 밝다는 뜻이라고 했던가. 소설 속에서 클레어는 어둠에 빛을 비추는 존재였다. 그리고 그 빛은 어두운 쪽이 아니라 자꾸 밝은 쪽으로 향했다. 클레어는 고개를 돌려 잠시 무어라 말을 하려다, 다시 입을 다물었다. 나는 어쨌든 오늘은 빙의했다는 사실을 고백할 날은 아니라고 생각했다.

안개 너머 가느다란 실루엣이 보였다. 언제나 단정하게 틀어올려서 모자로 가리고 있던 긴 머리카락이 자유롭게 바람에 흩날리고 있었다. 숨이 턱 막혔다. 원래 저 모습을 발견해야 할 것은 내가 아니라 에릭이었다. 안개가 걷히는 아침, 클레어가 자기 마음을 받아 주지 않으면 어쩌나, 불안에 시달리며 기다리던 에릭의 마음을 감싸던 아름다운 클레어의 모습. 나는 햇빛을 받아 빛나는 클레어의 머리카락을 경이롭게 바라보았다.

가까이 다가온 클레어는 만면에 미소를 띤 채, 하지만 강인한 눈빛을 하고 있었다.

"메리, 올 포 원이지?"

"원 포 올이야."

싱긋 웃으면서 클레어는 나이자 메리 옆에 나란히 섰다. 나는 그게 퍽 마음에 들었다. 마주 보는 게 아니라 옆에 서는 게 원래 더 어려운 법이었다.

"나, 사람들 앞에 나서기 전에 고백할 게 있어."

"에릭과 만난 거?"

"아니, 너한테만 말하는 거야. 나는 이 삶을… 일곱 번째 다시 살고 있어."

나는 깜짝 놀라 클레어를 돌아보았다. 원작엔 회귀물이라는 내용은 하나도 없었는데. 원작은 그냥 클레어의 첫 번째 삶이었나? 혹은 뒤에 가서 회귀물이라는 게 밝혀지나, 이 이야기는 소설의 어디쯤 위치하는 거지? 아니, 소설은 자기 자신의 동력을 가지게 되나? 작가가 만들어 낸 인물들은 각자의 삶을 계속 살아가는 건가? 내 동공이 계속 흔들리는 걸 보던 클레어는 차분한 말투로 말을 이어 나갔다.

"이건 지난 여섯 번의 삶 중에 내가 한 번도 경험하지 못한 삶이야. 나는 에릭과 여러 가지 선택을 했지. 에릭의 사업을 세계적으로 크게 만든 적도 있었고, 에릭을 어느 나라의 왕으로 만든 적도 있었어. 에릭을 떠나 버린 적도 있었고, 한 번은… 에릭을 살해한 적도 있어."

그냥 악녀 회귀물이잖아.

"하지만 이 삶은, 한 번도 겪어 보지 못한 삶이야. 에릭을 떠났더라도 나한텐 온통 에릭뿐이었어. 에릭을 죽였을 때는 더 그랬지. 이번에는, 이번에는 달라. 이번에는 에릭이 아니라 더 중요한 것들이 내 삶에 있네. 어떻게 될지는 모르겠지만, 여태껏 있었던 흐름 중에는 이 흐름이 제일 마음에 들어. 이 파업이 어떻게 될진 모르겠지만, 어쩌면 다음 생이 다시 안 올지도 모르겠지만, 에릭 바깥의 삶에서 이번엔 정말로 최선을 다해 보려고."

"다시 돌아오지 않길 바라?"

"그것도 나쁘지 않지."

미소 짓는 클레어의 모습은 내가 넋을 놓을 정도로 아름다웠다.

동이 텄고, 모든 공장의 문이 열리지 않는 대신 광장이 환하게 열렸다. 앞치마와 머리수건을 풀어 던진 소녀들의 행렬이 광장 한구석을 채우자, 멜빵바지를 입은 남성들이 어리둥절해했다. 하지만 의아한 눈은 곧 커다란 환호성으로 돌아왔다. 인간은 누구나 자기에게 가장 이득이 되는 구간을 귀신같이 알아차리기 마련이었다. 철강 노동자만 파업하는 것보다는 도자기 노동자가 함께 파업하는 게 나았고, 아무도 상상하지 못했겠지만 방직 노동자들이 그 옆에 함께 서는 것이 백배 나았다. 남자, 여자, 노인, 소녀, 청년의 목소리들이 하나로 모여서 같은 말들을 뱉을 때, 그 모습을 지켜보는 프록코트 청년을 조금 늦게 발견했다. 에릭이었다.

에릭의 표정이 이미 모든 걸 말해 주고 있었다. 자포자기한, 모든 것을 잃어버린 절망. 푸른빛이 약간 도는 에릭의 프록코트 끝자락은 이미 먼지투성이였다. 에릭 주변으로 끊임없이 노동자들이 만들어 내는 먼지가 솟아올랐고, 에릭은 전혀 피할 생각조차 하지 않았다. 슬픈 눈으로 행렬을 보던 에릭은, 행렬 중간에서 방직 노동자들을 이끌고 깃발을 높이 치켜든 클레어를 발견했다. 에릭의 눈이 낡은 면드레스를 입고 금발머리를 휘날리는 눈부신 여자에게 멈췄다.

나는 클레어의 얼굴을 바라보았다.

클레어는 누구보다 에릭을 향해 환하게 웃고 있었다. 적어도 이 안에서 내가 본 이래로 가장 아름다운 얼굴이었다. 클레어는 여전히 사랑을 하고 있었다. 다만, 에릭을 삶의 저울에서 내려놓았을 뿐이었다. 클레어는 망설임 없이 프록코트의 청년에게 손을 내밀었다. 프록코트 청년은 예전과 다를 바 없이 자석에 끌려가듯 그 손을 맞잡으려 했다. 그 순간, 세상의 뭔가가 툭 끊어지려고 했다. 나도, 클레어도, 함께 느꼈다. 이제, 돌아가는 걸까. 나는 클레어의 손에서 깃발을 넘겨받으면서 흔들리는 광장을 또렷하게 감각했다.

●

작가의 한마디

웹소를 좋아하고, 그중에서도 악녀물을 좋아합니다. 악녀물이라면 역시 조건이 다른 곳에서 태어나서 돈지랄 갑질을 우아하게 해 주는 게 제맛이죠. 저는 M노총 산하의 모 산별에서 조직 담당자로 3년간 일해 왔습니다. 뗴법과 같은 말이 그렇듯, 노동조합이란 곧잘 악역이 됩니다. 투쟁을 즐거워하는 사람이 세상에 어딨겠어요. 주인공을 불행으로 이끄는 게 악역의 역할이라면, 저는 조합원들을 어쩌면 불행하게 만들어 왔을지도 모릅니다. 로맨스 서사의 기본은 남자 주인공이 여자 주인공을 발견해 내는 것이죠. 여자 주인공이 자기 스스로를 발견해 낸다면, 로맨스는 무너져 버립니다. 투쟁은 우리를 행복하게 하진 않습니다. 다만 우리가 우리 스스로를 발견하는 힘을 갖게 하겠지요. 배경은 엥겔스의 『영국 노동 계급의 처지』에서 많이 가져왔습니다.

슈퍼 로봇 특별 수당

구슬

사회파 작가를 꿈꾸고 있지만, 그보다는 사회 문제에 가까운 삶을 살고 있다. 관심사는 인간과 사회가 관계 맺는 방식. 자신이 좋아하는 것을 널리 퍼뜨리는 데 주저하지 않는 편. 고양이 꾸꾸의 누나, 그리고 퀴어.

1

어디에나 있고 어디에도 없다. 마치 투명 인간처럼. 6제곱미터라는 최소 면적 규정을 빠듯하게 지킨, 두 평짜리 휴게실에서 어지러이 놓여 있는 청소 용구들에 부딪치지 않도록 조심조심 옷을 갈아입을 때마다 서진은 자신이 투명 인간으로 변신하는 듯한 기분이 들었다. 제 아무리 잘나고 대단한 사람이라도 이 잿빛 청소복만 두르면 다른 이들로부터 눈길 한 번 받을 수 없을 것이었다.

사람들은 정말 놀랄 만큼 잿빛 청소복들을 의식하지 않았다. 남자 화장실 입구에 "지금 청소 중입니다"라는 표지판을 세워 놓아도 항상 누군가는 불쑥불쑥 들어와 소변기를 닦고 있는 서진 옆에서 지퍼를 내리고 소변을 보았다. 서진의 면전에서 바닥에 쓰레기를 버리거나 가래침을 뱉는 일은 예사였다. 비어 있는 사무실을 청소하다 우연히 낯뜨거운 애정 행각을 벌이는 남녀 한 쌍을 발견했을 때도 놀란 것은 오히려 서진이었다. 엉켜 있던 두 사람 역시 서진을 보고는 흠칫하며 서로 떨어졌지만, 그가 입고 있는 잿빛 청소복을 확인하고는 안도의 한숨을 쉬었다. 서진이 황급히 자리를 피하자 그들은 이내 하던 일을 계속했다. 여자가 남자의 상사라더라, 남자 쪽은 유부남인데 애가 둘이라더라, 여자는 싱글인데 약혼자가 있다더라, 하는 사소한 사실들을 서진은 나중에야 알게 되었다. 중노년 여성들로 이루어진 잿빛 청소복들 중에서도 가장 나이 많은 이가 서진에게 슬쩍 일러 준 정보였다. 잿빛 청소복의 존재를 신경쓰는 사람은 오직 같은 잿빛 청소복과 그들을 관리하는 용역 업체 소장뿐이었다.

서진은 모 방위 산업체 소속의 K 연구소를 쓸고 닦고 기름칠하며 깨끗이 유지하는 일을 했다. 근무 시간 동안 누구보다 철저하게 연구소 건물에 묶여 있는 서진의 소속은 정작 K 연구소가 아니었는데, 으레 그렇듯 K 연구소도 청소 용역 업체를 끼고 서진을 고용하고 있었다.

그럼에도 서진은 자신의 일터가 K 연구소라는 사실이 자랑스러웠다. 정확히 무엇을 만들고 있는지는 모르지만, 아무튼 나라 발전에 기여하는 것이 틀림없을 첨단 기술 연구에 자신도 간접적으로나마 힘을 보탠다는 것이 뿌듯했다. 아무리 공부로는 날고 기는 인재들이 모였어도 화장실이 막히고 쓰레기통이 넘치고 건물이 더러워지면 그 똑똑한 인재들이 어디 제대로 머리나 쓸 수 있겠는가. 서진은 그런 면에서 어느 정도는 자부심까지 느끼고 있었다. 다 아들 같고 딸 같은 존재들이었다. 부모로서 성취할수 있는 최상의 쾌락은 자식들의 입신양명 그 자체다. 진짜 딸이 전혀 이뤄 주지 못했던, 혹은 이뤄 줄 생각이 없었던 욕망을 음미하며, 서진은 연구원들을 바라볼 때 가끔 질시와 대리만족 사이 어디쯤 되는 감정에 젖어들었다. 물론 그런 복합적이고, 한편으로는 일방적인 친근감과는 별개로 K 연구소 연구원들은 누구도 '잿빛 청소복' 중 하나인 서진을 인지하지 못하고 있었다.

바로 그날이 되기 전까지는.

2

K 연구소의 청소원들은 오래, 그리고 많이 걸었다. 청소 도구가 실린 카트를 끌고 하루종일 종종걸음하며 쌓인 거리는 20킬로미터를 너끈히 넘겼다. 걸음 수로 치면 약 3만 보에 달했는데, 잔디밭에 난 잡초 뽑기부터 연구실과 화장실 청소를 거쳐 연구소장실 골프 퍼팅 연습기에 쌓인

먼지를 털어 내는 일까지 착착 처리하다 보면 걸음 수는 순식간에 불어나 있었다.

그 사실에 누구보다 민감한 이는 당사자들이었다. 청소원들은 중간중간 짬이 날 때마다 목에 걸고 있는 네모난 출입증에 박힌 작은 화면을 들여다보며 근무 시간 동안 쌓인 이동 거리와 걸음 수를 확인했다. 출입증을 통해 수집된 청소원들의 데이터가 재계약을 결정하는 고과 평가에 반영된다는 소문이 무성했기 때문이었다. 적게 걷고 덜 이동할수록 성실성이 부족하다는 논리였다. 그래서 걸음 수가 부족하다 싶으면 제자리걸음을 해서라도 걸음 수를 채우기도 했다.

다행히도 소문은 소문일 뿐이었다. 실제로 고과 평가표에 이동 거리나 걸음 수에 대한 항목은 없었다. 다만 출입증에 박힌 센서가 청소원들의 생체 데이터를 실시간으로 수집하고, 저장하고, 어딘가로 전송하는 것은 사실이었지만 말이다.

이러한 내막을 알 리 없는 서진은 초조했다. 이 시간대면 출입증 화면에 어느 정도 안정권이다 싶은 숫자가 나와 줘야 하는데 영 마땅치가 않았다. 요 며칠 컨디션이 좋지 않아 중간중간 앉아서 쉰 시간이 길어졌던 것이 패착이었던 것 같았다. 생각할 시간에 먼지를 한 번 더 털고,

걸레질을 한 번 더 하자는 게 평소 신조였지만 몸이 따라 주질 않으니 마음만 계속 어수선했다.

"어머님, 아직 멀었어요?"

문이 벌컥 열리고 날카로운 하이톤 목소리가 날아들었다. 서진은 화들짝 놀라 쥐고 있던 걸레를 떨어뜨렸다.

"아이고, 죄송합니다. 금방 끝나요. 딱 3분만 기다려 주세요."

서진은 목소리가 들린 쪽을 향해 고개를 숙였다. 목소리의 주인공은 뿔테 안경을 낀 여성이었다. 어디 보자, 박 선임이라고 했던가? 서진은 속으로 박 선임의 나이를 어림해 보았다. 율이보다 대여섯 살쯤 많아 보이네. 서른 중후반쯤 됐으려나?

"그럼 5분 뒤에 다시 올게요."

박 선임이 흰 가운을 휘날리며 휙 돌아섰다. 긴 머리를 대충 틀어올려 빨갛게 빛나는 집게핀으로 고정시킨 머리 스타일이 인상적이었다. 청소원이 연구원을 쫓아내다니. 연구실은 청소원이 머무를 자리가 아니었다. 자리를 비웠던 연구원들이 다시 자리를 채우기 전에 공간을 깨끗이 치우고 재빨리 사라지는 게 서진의 일이었다. 연구원들은 청소원들이 연구실에서 눈에 띄는 걸 좋아하지 않았다. 에이, 재수 없으면 나중에 소장한테 한 소리 듣겠네. 서진이 속으로 쯧, 혀를 찼다.

　남은 시간 3분. 서진은 바닥에 떨어진 걸레를 주웠다. 쓰레기통도 다 비웠고, 먼지도 대충 다 털고 닦아냈다. 문제는 공간 한가운데 자리한 정체불명의 부스였다. 서진은 부스 앞으로 다가갔다. 부스 외벽에 해당하는 까만 반투명 차단막 안에는 자동차 조종석 같기도 하고, 거대한 게임기 같기도 한 장치가 자리하고 있었다. 사람이 앉아서 조종하는 용도인 모양이었다. 사전에 청소법을 공지받지 않은 장치에는 절대로 손을 대지 않는다는 것이 철칙이었지만, 오늘따라 갑자기 차단막에 잔뜩 찍혀 있는 손바닥 자국들이 유난히 신경쓰였다. 집에서는 드러누워 손 하나 까딱 안 하더라도, 연구소에서는 먼지 한 톨만 굴러다녀도 재깍 털어내지 않으면 견디지 못하는 것이 서진의 직업병이었다. 저거만, 저거만 한 번 싹 훔쳐 내면 속이 시원할 것 같은데. 서진이 걸레를 쥔 손을 뻗어 손자국을 닦았다.

　그러나 손자국은 전혀 닦이지 않았다.

　자세히 들여다보니, 점점이 찍혀 있는 손자국은 부스 바깥이 아니라 안쪽에서 찍힌 것이었다. 내참, 헛짓했네. 서진이 카트를 향해 돌아섰다. 그 순간 갑자기 위잉, 요란한 기계음과 함께 차단막이 아래로 걷히며 부스가 열렸다. 순식간에 박 선임이 연구실로 달려왔다. 당황한 채 굳어 있는 서진과 이제는 반투명 차단막이 완전히 사라진 채, 조종석 모양을 하고 있는 부스를 둘러본 박 선임은, 특유의 새된 목소리로 서진에게 물었다.

"이거 어머님이 켜신 거예요?"

"저는 그냥 여기 있던 벽에 손자국이 너무 많아 가지고… 그냥 조금 닦은 건데…."

"그러니까, 어머님이 건드리신 거 맞다는 거죠?"

"네… 아이고, 정말 죄송합니다."

서진은 눈을 질끈 감았다. 입안이 바짝 말라왔다. 조금 있으면 재계약 철인데, 사고를 쳐도 이렇게 큰 사고를 치다니. 어떻게 구한 자린데, 여기에 어떻게 들어왔는데. 다른 일자리를 구할 생각을 하니 정신이 아득했다. 그냥 사라지고만 싶었다. 자리에서, 사회에서, 그리고 세상에서. 박 선임이 어딘가로 전화를 걸어 서진이 알아듣지 못할 어려운 말들을 늘어놓는 소리가 멀리 들리는 것 같았다. 그렇게 서진에게 영원 같은 찰나가 지나고 있었다.

"어머님, 성함이 어떻게 되시죠?"

박 선임이 통화를 하다 말고 물었다. 서진이 청소 일을 시작한 이래, 15년 만에 처음 들어보는 질문이었다.

3

"아, 네. 정서진 여사님이라고 부르면 되나요? 우리 여사님께서 막일 하시는 거 많이 힘드시잖아요. 이렇게 된 거 저희랑 같이 다른 업무를 봐 주시면 좋을 것 같아요. 연세도 있으신데 우리 어머님 덜 힘드시면 좋잖아요."

박 선임은 '여사님'과 '어머님'을 능란하게 오갔다. 책상물림 이미지의 연구원보다는 발바닥 땀나게 뛰는 영업 사원들에게 더 어울리는 말투였다. '여사님' 뒤에 따라붙은 '막일'이라는 단어가 순간 거슬렸지만 서진은 묵묵히 듣기만 했다. '어머님' 앞에 '우리'가 붙은 것도 영 어색하고 간지러웠다. 사람들은 쓸고 닦고 깨끗이 치운 공간을 구석구석 속속들이 더럽힐 줄만 알았지 그것들을 치우는 사람들에게 고마움을 표시할 줄 몰랐다. 서진은 그 점이 내심 서운했지만 한 번도 티를 낸 적은 없었다. 오히려 반대였다. 새파랗게 어린 연구원으로부터 "아줌마, 냄새나니까 저리 안 보이는 데로 가세요."라는 말을 듣고 울먹이던 동료 앞에서, 서진은 일부러 모든 사람들이 들으라는 듯 목소리를 높이며 동료의 어깨를 토닥였다. 지네들이나 우리들이나 똑같이 주는 일 하고 월급 받는 사람들인데 드럽게 지랄들이야. 아이고, 그만 울어! 나이는 고스톱 쳐서

땄어?

그래서 서진은 '우리 어머님'이라는 호칭에 따라붙은 '다른 업무'라는 말이 은근히 마음에 걸렸다. 상황이 어떻게 돌아가는지 당최 알 수가 없었다. 차단막에 찍힌 손자국을 닦으려다 장비를 작동시키는 바람에 박 선임이 달려왔고, 당황한 서진 앞에서 한참 통화를 하더니 이름을 물었다. 그 후에도 한참 동안이나 통화를 이어 가던 박 선임은 통화를 마치자마자 대뜸 다른 업무를 맡아 달라는 명령인지 부탁인지 모를 제안을 했던 것이다. 서진은 겁이 덜컥 났다. 잠을 청하려 별생각 없이 틀어 놓았던 시사 프로그램의 MC가 건조한 목소리로 나열하던 온갖 직장 내 괴롭힘 사례가 떠올랐다. 어느 회사에서는 그 큰 건물을 혼자 다 청소하라고 시켰다던데… 제가 그렇게 큰 실수를 했습니까? 저는 이제 어떻게 되는 건가요? 묻고 싶은 것이 산더미처럼 많았다. 서진이 조심스럽게 말문을 뗐다.

"저기, 다른 업무라는 게 무슨 말씀이신지…."

흙빛으로 변한 서진의 안색을 들여다본 박 선임이 작게 웃음을 터뜨렸다. 박 선임은 박수를 한 번 짝, 쳤다. 경직된 분위기를 풀기 위한 행동이자, 동시에 권력의 우위가 제게 있음을 드러내는 과장된 액션이었다.

"아이고, 어머님. 너무 그렇게 긴장하지 마세요. 제가 뭐

어머님 잡아 먹나요? 다른 게 아니라 저희가 지금 진행하고 있는 실험이 있어요. 그 실험에 어머님께서 협력해 주시면 정말 좋을 것 같아서 그래요. 지금 저희가 60대 여성 참가자를 찾고 있거든요? 그런데 멀리 갈 것 없잖아요?"

"무슨 실험을 하시는지….."

"저희가 지금 개발하고 있는 장비가 있어요. 방금 작동시키신 저거 있죠?"

박 선임이 언제 굉음을 냈냐는 듯 조용해진 부스를 가리켰다. 서진의 시선 또한 손가락이 가리키는 방향을 좇았다. 차단막이 모두 내려간 부스는 마치 전투기 파일럿들이나 사용할 법한 조종석을 닮아 있었다.

"근데 장비를 사용하는 사람들의 연령대가 다 다르잖아요. 그래서 저희가 연령대별로 데이터 최적화를 해요. 지금 어머님 연배의 좀 나이드신 여성분들 데이터가 딱 비어 있거든요. 그런데 그분들 중에서 실험에 참가해 주실 체력이 되시는 분들을 찾기가 어려워요. 근데 제가 지금 통화해 보니까, 정서진 여사님께서 딱 적절한 데이터를 갖고 계세요."

서진은 어설프게 맞장구를 치는 대신 작게 고개를 끄덕였다. 그 '데이터'라는 것이 정확히 무엇을 가리키는 건지는 알 수 없었지만 대충 어떤 의미인지 짐작이 갔다. 돌이켜 보면 서진은 출입증에 찍히는 수치가 비교적 잘 나오는 편이었다. 요 며칠 컨디션이 나빠 중간중간 쉬는 바람에 기록이 나빠져서 그렇지, 평소에는 퇴근을 앞두고 울상을 지으며 제자리걸음을 하는 동료들을 안쓰럽게 바라보는 쪽이 서진의 입장이었다. 그때는 이해되지 않았던 모든 것들이 이제서야 납득이 갔다. 지금까지 청소원들을 옭아매던 그 숫자, 숫자, 숫자들! 그놈의 '숫자'들이 데이터라는 그럴듯한 이름으로 둔갑하여 연구소로 흘러 들어가고 있었던 것이다. 아, 서진이 작게 탄식했다. 서진의 탄성을 들었는지, 못 들었는지 박 선임은 물 흐르듯 설명을 이어 갔다.

"이게 아주 간단한 실험이거든요. 어머님도 게임 많이 하시죠? 그냥 움직이는 물체를 맞히는 게임을 하신다고 생각하시면 돼요. 기존 청소 업무 시간을 한 두세 시간 줄이시고요. 남는 시간 동안 저희랑 함께해 주시면 돼요."

어느 순간 호칭이 '어머님'으로 통일된 것을, 서진은 눈치채지 못했다.

"당연히 그냥 부탁드리는 게 절대 아니고요. 저희가 따로 수당도 챙겨 드릴 거예요. 실험 참가 특별 수당이요."

특별 수당. 그냥 수당도 아니고 특별 수당. 너무나도 달콤한 조어였다. 방금 전까지만 해도 눈앞에 어른거리던 징계 해고의 악몽이 특별 수당이라는 매혹으로 둔갑했다. 마법 같은 역전이여!

"대신 조건이 있어요. 보안이 중요한 프로젝트거든요, 이게. 비밀을 정말 잘 지켜 주셔야 돼요. 보안 엄수!"

이 정도는 충분히 지켜 주실 수 있죠? 박 선임이 어린아이를 어르듯 부드럽게 덧붙였다. 서진은 홀린 듯이 고개를 끄덕였다.

4

마법에 홀린 상태로부터 빠져나와 제정신을 차리기까지는 그리 오랜 시간이 필요치 않았다. 생각할수록 찜찜한 제안이었다. 도대체 무슨 실험이길래 특별 수당씩이나 줘 가며 나 같은 아줌마를 쓴다는 거야? 이거 위험한 실험인 거 아니야? 집으로 향하는 버스에 앉아, 차창에 기댄 채 서진은 거듭 생각했다. 동료들한테 상담해 볼까도 생각했지만 '특별 수당'이라는 단어가 불러올 파장에 겁이 났다. 먹고살기 팍팍해서 다같이 고된 일 하는 처지에 누군 수당씩이나 붙고, 누군 안 붙는다는 얘기가 불만스럽게 돌아다닐 생각을 하니 벌써부터 머리가 아팠다. 괜히 일을 복잡하게 만들고 싶지 않았다. 게다가 '보안 엄수'라니, 아줌마들 입만큼 가벼운 게 없었다. 특히 같은 타임에 일하는 명희의 귀에라도 들어가는 날에는 수습이 안 될 정도로 골치가 아파질 터였다. 뭐라도 하나 그 여자 귀에 들어가는 날에는 동네 바둑이도 국가 기밀이랍시고 자랑스레 떠벌리고 다닐 테니까.

다음으로 서진의 머릿속에 떠오른 것은 하나뿐인 딸, 율의 얼굴이었다. 그래도 나이든 나보다는 젊은 율이가 낫지 않을까. 오가며 이것저것 듣는 것도 있을 테고. 비록 연구소에서 일하는 또래들이 번듯한 직장에서 나라에 도움이 되는 훌륭한 연구를 하는 동안, 사사건건 사회에 불평불만만 늘어놓으며 빈둥거리고 있긴 하지만 말이다. 율은 서른을 넘기도록 제대로 된 직장 한 번 가져 본 적이 없었다. 아르바이트를 전전하거나, 혹은 서진이 잘 알지 못하는 생소한 이름이 붙은 수상한 모임을 쫓아다니곤 했다.

한번은 이런 일도 있었다. 율이 취직을 했다길래 서진이 생활비를 달라고 했더니, 곤란한 표정을 지으며 월급이 적어서 어렵다는 것이었다. 그러고는 되레 정기적으로 용돈을 타 갔다. 율은 당당하게 설명했다. 엄마, 산재 알지? 산업 재해. 나 그거 피해자 돕는 시민 단체에서 일해.

근데 지금 거기 재정이 잠깐 어려워서 당분간 내 월급을 그냥 기부하기로 했어. 난 어차피 엄마랑 같이 사니까 괜찮잖아. 그치? 서진은 그 순간 분을 참지 못하고 신고 있던 실내화를 벗어 율에게 집어던졌다. 니가 재해다! 니가 재해야! 날아오는 실내화를 율이 재빠르게 피하는 모양새가 더욱 얄미웠다. 엄마! 지금 잠깐 어려워서 그렇지 한 반년 있으면 괜찮아질 거야! 진짜야! 율의 방문이 쾅 닫히자마자 서진이 던진 실내화 나머지 한 짝이 픽 하고 문에 부딪쳐 떨어졌다.

율이한테도 당분간 비밀로 하자. 걔 알면 시끄러울 거야. 거대 기업의 음모니 어쩌니… 서진은 고개를 저었다.

5[*]

"…지금까지 수정시 재생 공장 안드로이드 오작동 사건 소식, 그리고 안드로이드 제조사 R사의 해당 사건 은폐 의혹까지 저희 〈KBN 뉴스 와이드 쇼〉에서 단독으로 전해 드렸습니다. 후속 보도도 준비되어 있으니까요. 계속

[*] 이 챕터는 진은영 시인의 〈멸치의 아이러니〉에서 영감을 받았습니다.

해서 저희 〈뉴스 와이드 쇼〉와 함께해 주시기 바라겠습니다. 시청자 여러분, 감사합니다."

엄마도 들었지? 이래서 기업 새끼들은 믿을 수 없다니까. 앵커가 뉴스를 제대로 마무리 짓기도 전에 율이 젓가락을 내려놓으며 날카롭게 쏘아붙였다. 스테인리스 식판에 쇠젓가락이 부딪치며 요란한 소리가 났다. 맞은편에 앉은 서진이 고개를 들어 서진의 얼굴을 물끄러미 바라보았다. 아침의 평화를 깨는 소음을 일으킨 데 대한 힐책의 의도가 명백히 담긴 시선이었지만 율은 전혀 신경쓰지 않는 눈치였다. 서진은 작게 한숨을 쉰 후 젓가락으로 율의 식판을 가리켰다.

"멸치볶음 남았잖아. 그건 왜 안 먹어."

율의 식판에는 고추장멸치볶음만이 고스란히 남아 있었다. 처음부터 손도 대지 않았는지 그 형태가 온전하기 짝이 없었다.

"엄마, 지금 멸치가 중요해? 저런 사고 한두 번 났겠어? 그런데 다 은폐하잖아. 그러면서 사람 일하는 데를 하나같이 로봇이랑 안드로이드로 대체한다고 난리고. 그러면 우리 시민들은 어떻게 되겠어? 그리고 봐. 우리가 말하는 것들, 이런 것들 다 녹취되고 있을 거야. 다 저장해 놨다가 기업들이 정부 새끼들이랑 붙어먹으면서 정보 넘겨

주고 그러는 거라고. 기술, 자본, 정치가 결탁해서 우리 인민, 아니 시민들을 억압하고 착취하는 거잖아. 너무 위험하고 끔찍하지 않아?"

율이 신경질적으로 손을 휘저어 공중에 덩그러니 떠 있던 뉴스 앵커의 잔상을 지웠다. 서진은 미간을 찌푸린 채 대꾸했다.

"그래서, 지금 아깝게 반찬 남기는 건 잘하는 짓이고?"

"아니이, 내가 뭐라고 말하는지 엄마도 다 알잖아! 괜히 듣기 싫으니까 딴소리 한다."

율은 정신없이 열변을 토하는 와중에도 '인민'이라는 단어에 거부감을 느끼는 엄마를 위해 군이 '시민'으로 고쳐 말한 자신의 배려를 엄마가 알아 주지 않는 것에 괜히 심통이 났다. 밤마다 시사 프로그램을 보며 잠드는 데다, 집에 있을 땐 언제나 뉴스를 틀어 놓고 사는 엄마가 꼭 이런 주제만 나오면 말을 돌리는 것도 짜증났다. 항상 누구보다도 똑똑하고 목소리가 컸던 엄마는 언제나 기술 기업들의 횡포, 그리고 노동 쟁의 관련 소식만 나오면 입을 다물었다. 서진도 어차피 청소 용역 업체에 고용된 간접 고용 노동자였지만, 상황마다 편을 드는 것만 보면 무슨 연구소장이 따로 없었다. 엄마, 그거 다 계급 배반이야! 계급 배반! 율은 잔소리를 해댔지만 "그래, 니 팔뚝 굵고 니

똥 굵다."는 서진의 한마디로 언제나 논쟁은 이렇다 할 성과 없이 끝이 났다.

"세상이 계속 발전하다 보면 이런저런 시행착오도 겪는 거지, 그리고 너 진짜 멸치 안 먹어? 멸치도 안 먹는 년이 무슨 기술이며 자본이며 정치야. 지가 그렇게 환경을 사랑한다면서 시도 때도 없이 반찬이나 남기고….."

"아, 알았어. 먹을게. 먹으면 되잖아! 제발 멸치 타령 좀 그만해!"

율은 숟가락으로 멸치들을 한꺼번에 떠서 입에 쑤셔넣은 뒤 몇 번 씹지도 않고 꿀꺽 삼켰다. 그러고는 물 한 컵을 단번에 들이켰다. 어휴, 저것도 내가 딸이라고 낳아 놔서. 율의 행동을 지켜보던 서진이 혀를 쯧쯧 찼다. 컵을 내려놓은 율이 입가를 닦으며 다시 연설을 이어 가려던 참이었다.

"이제 됐지? 그러니까 내 말은…."

"시끄럽고, 사람 손 가는 일은 앞으로도 안 없어져. 그게 순리야. 엄마 지금 너랑 밥상머리에서 이러고 있을 시간 없어. 아휴, 벌써 시간이 이렇게 됐네. 엄마 나간다."

말을 마친 서진이 발치에 놓여 있던 가방을 챙겨 도망치듯 자리를 떠났다. 현관문 닫히는 소리 뒤에 삐빅, 하는 전자음이 났다. 율은 엄마가 떠난 자리를 잠시 바라보다가 어깨를 으쓱했다. 물로 다 씻어내지 못한 고추장멸치 볶음의 맛이 입안에 찝찝하게 남았다.

6

"움직이는 물체를 맞히는 게임 같은 것." 실험에 참가한 서진이 수행하는 역할은 이랬다. 문제의 그 부스—연구원들은 이 부스를 새누리 1호 컨트롤 캡슐, 줄여서 새누리라고 불렀다—내의 조종석에 앉아, 가상 터치 스크린 화면에 표시된 물체들을 건드려 터뜨리는 것이 서진의 새로운 일감이었다. 형광색 빛을 내는 물체들은 다양한 동선을 그리며 기분 나쁘게 울렁거렸다. 설명만 들었을 때는 전쟁 게임 같지 않을까 생각했는데, 실제로 경험해 보니 리듬 게임에 가까운 느낌이었다. 서진의 손끝이 표적 영상을 통과할 때마다 서진이 앉아 있는 조종석이 약하게 진동했다.

와, 어머님 진짜 잘하신다! 게임 좀 하셨나 봐요? 서진이 10회 연속으로 표적을 터뜨려 없애는 데 성공하자 김 주임이 감탄했다. 김 주임은 서진이 수행한 실험의 데이터를 전담해서 관리하는 담당자라고 자신을 소개했다. 서진은 김 주임의 얼굴에 남아 있는 여드름 자국을 보면서 율보다 서너 살 어리겠거니 짐작했다. 어머님, 그런데 지금 무리하시는 건 아니죠? 못 맞히겠다 싶으신 건 그냥 넘기세요. 이게 어떻게 보면 어머님이 성공하시는 것보다, 어머님이 뭘 못 맞히시는지가 더 중요한 실험이에요. 저희는 자연스러운 데이터가 필요한 거거든요. 김 주임은 30분에 한 번씩 주어지는 쉬는 시간마다 서진의 어깨를 주무르며 살갑게 굴었다. 아들뻘 청년 연구원의 또래답지 않은 싹싹한 태도에 서진의 긴장도 자연스럽게 풀려 갔다. 공부 잘해서 번듯한 일 하는데 착하기까지 하네. 서진은 누군지도 모르는 김 주임의 부모가 문득 부러워졌다.

"그런데 지금 내가 이렇게 하는 게 어떻게 도움이 되는 거예요?"

"아, 박 선임님한테 말씀 못 들으셨어요? 음… 이거 AI 최적화 과정이에요. 이 캡슐을 통해서 저희가 새누리 본체를 컨트롤하는데요."

김 주임이 말을 하다 말고 잠시 생각에 잠겼다. 서진이 다음 말을 재촉했다. 아휴, 김 주임님은 왜 말을 하다 말아요. 생각하던 김 주임이 고개를 끄덕였다. 기밀이긴 한데… 뭐, 일반적인 이야기 수준까지는 오픈해도 괜찮겠지.

"쉽게 말하면 이래요. 기본적으로 인공지능이 알아서

새누리 본체를 움직이는데요. 근데 인공지능도 처음 시작할 때는 배워야 되거든요. 그래서 어머님이 조종석에서 수집하신 패턴을 바탕으로 얘가 학습을 해요. 이게 첫 번째고요."

"그렇구나. 이게 첫 번째면 두 번째는 뭔데요?"

"두 번째는, 음. 첫 번째의 연장선상에 있는 건데요. 가끔 사람이 직접 본체를 조종할 때가 있어요. 사람의 감각이 완전하지 않으니까 그때는 인공지능이 보조를 해요. 도와주는 거죠. 근데 사람들이 나이대에 따라 반응 속도나, 감각 정도가 다르잖아요. 그래서 연령대별 데이터가 필요한 거예요. 여기까지 이해하셨죠?"

"아, 그러면 내가 60대 담당인 거예요?"

"오! 어머님 진짜 똑똑하시다! 왕년에 공부 좀 하셨죠? 맞아요. 60대 여성 담당이신거죠. 어머님이 수집하신 데이터를 바탕으로 개발을 해서, 이제 아무것도 모르시는 어머님 연배분들도 새누리를 쉽게 조작하실 수 있게 만드는 거죠."

"내가 어디 가서 둔하단 소린 못 들어봤네. 일도 빨리빨리 배우고요. 그럼, 새누리 본체… 이건 어디다 쓰는 거예요?"

"여기부턴 기밀이에요. 근데 뭐, 산업용으로도 쓰고…

그냥 쉽게 말씀드리면 다목적 로봇 조종하시는 거랑 비슷하다고 생각하시면 돼요."

"그럼 내가 로봇 조종사야?"

"그럼요, 그것도 슈퍼 로봇이죠."

아이고, 주임님 농담도 잘해. 슈퍼 로봇은 무슨. 서진이 무심코 큰 소리로 깔깔 웃자 연구실에 있던 사람들의 시선이 두 사람에게 쏠렸다. 어머님, 조금만 볼륨 다운! 김 주임이 양팔로 소리를 낮추라는 몸짓을 했다. 서진도 웃음을 멈추고 입술에다 검지손가락을 갖다 댔다. 쉿. 두 사람의 입가에 웃음기가 고여 있었다.

7

닥치지 않은 위험은 추상적이었지만 뭉툭한 손끝에 닿는 빳빳한 새 지폐의 감촉은 세상 그 어느 것보다 구체적이었다. 달랑 하나 있는 딸이 매일같이 목에 핏대를 세우며 떠드는 노동자니, 계급이니, 인민이니 하는 말보다는 더욱 그랬다.

첫날 실험 종료 후 젊은 남자 연구원으로부터 건네받은 하얀 봉투 속 내용물을 확인했을 때 서진은 일단 모든 의

문을 접어 두기로 결심했다. 세금도 떼지 않고 고스란히 서진의 손에 들어온 지폐 한 장. 서진이 하루 아홉 시간 동안 몸을 갈아 가며 일해야 겨우 쥘 수 있는 금액이 두어 시간의 장난 같은 실험 끝에 주어졌다. 허탈하기도 했지만, 절대 놓쳐서는 안 되는 행운이었다. 누구보다도 오랜 시간 생활인으로 살아온 서진이었다. 생활인으로서 감당해야 할 일상의 무게를 조금이라도 덜어낼 수만 있다면 못 할 일이 없었다.

서진은 자신을 낳아 준 부모의 얼굴을 몰랐다. 형제자매도 없었다. 보육원에서 자라, 공장에 취직을 했고, 그곳에서 한 남자를 만났다. 남들과 크게 다를 것 없는 연애 끝에 자연스럽게 아이를 갖게 됐고, 결혼식 없이 혼인 신고를 했다. 그렇게 태어난 아이가 율이었다. 그러나 안타깝게도 행복은 오래가지 않았다. 서진의 남편이 갑작스럽게 회사로부터 스케줄 변경을 공지받고 집을 나선 날, 교통사고를 당하고 만 것이다. 사고 원인은 차량 급발진이었다. 남편은 다시 눈을 뜨지 못했다. 율이 생애 첫 뒤집기를 시도할 무렵의 일이었다.

예나 지금이나 혼자 아이를 키우는 엄마에게 세상은 가혹했다. 서진 앞에 놓인 운명은 더욱 그랬다. 다른 아이들보다 호흡이 짧고 발육이 늦었던 율에게 병이 있었다는 사실을 알았을 때, 서진은 처음으로 더 이상 살고 싶지 않다는 생각을 했다. 서진은 녹록지 않은 현실 속에서 불행과 거듭 마주할 때마다 언제나 그것에 대해 생각하기보다는 그냥 움직이는 걸 택하는 편이었다. 남편이 세상을 떠났을 때도 조용히 장례를 치른 후 휴가 한 번 내지 않고 일터에 복귀했던 것도 그 때문이었다. 하지만 하나뿐인 자식에게 닥친 청천벽력 같은 소식은 몸을 움직일 최소한의 기력조차 앗아갔다. 의사가 흐느끼는 서진에게 티슈를 몇 장 뽑아 건네며 대단한 위로라도 전하듯 말했다. 너무 걱정하지 마세요. 아주 조심해야 하겠지만, 좀 더 커서 수술받으면 남들처럼 건강하게 살 수 있습니다. 서진은 고개를 들었다. 내 딸을, 율이를 살릴 수 있다. 아니, 내 딸을 살려야 한다. 앞으로 서진의 삶을 추동하게 될 정언 명령이 세워지는 순간이었다.

남들이 치열하게 대학 입시를 준비하던 열아홉에 율은 수술을 받았다. 수술은 성공적이었다. 하지만 목숨 값은 비쌌다. 21세기 내내 사람들이 '의료 민영화'라 불렀던 의료 부문 영리화가 진행된 결과, 22세기 현재에 이르러 대한민국의 공공 의료 체계는 유명무실해진 지 오래였다. 인명은 재천이라, 사람의 목숨은 하늘에 달려 있다는 오래된 격언이 섬뜩하게 힘을 얻었다. 병원비와 수술비 상환을 위해 설계된 30년 고정 금리 대출 상품 계약서에 서명하기 위해 홍채와 지문 정보를 입력하며, 서진은 자신의 남은 수명을 거래하는 듯한 느낌이 들었다. 앞으로 서진에게 주어진 30년의 삶은 이 막대한 부채를 중심으로 구성되고 수행될 것이었다. 영원히 궤도를 벗어나지 못하고 행성의 주변을 빙글빙글 맴도는 위성의 삶이 그러할까. 하지만 그 모든 것도 다 상관없었다. 율이가 있는 우주를 살 수 있기만 하다면 괜찮았다.

서진은 지금 14년째 대출금을 갚는 중이었다.

8

아, 아으. 아야! 거실 소파에 모로 누운 서진이 고통에 찬 신음을 냈다. 말이 신음이지, 비명에 가까운 소리였다. 아닌 게 아니라 온몸이 부서질 듯 아팠다. 집에서 쉴 때는 늘 이런 식이었다. 서진은 잠이 들 듯 말 듯 하다가도 근육과 관절이 뒤틀리는 것 같은 격통 속에 소스라쳤다. 서진이 누워 있는 소파 아래에 기대어 앉아 책을 읽던 율이 오만상을 찌푸렸다. 그리고 읽고 있던 책을 바닥에 엎고 서진 쪽으로 몸을 홱 돌렸다.

"엄마, 나랑 같이 병원에 가서 진단서 떼자. 안 되겠어."

서진이 잠에 취한 목소리로 대꾸했다.

"아으, 뭔 뚱딴지 같은 소리야. 또."

"지금 일 때문에 너무 무리해서 아픈 거잖아. 병원 가서 진단서 떼고, 산재 신청하자."

"또 오버한다. 산재는 무슨 산재. 내가 죽기라도 했어?"

"내가 산재 피해자랑 연대하는 일 하잖아. 근데 정작 우리 엄마가 직장 때문에 아프면 되겠냐고. 나 진짜 속상해 죽겠어."

서진은 여전히 눈을 감은 채 힘없이 미소 지었다. 율이 부은 얼굴로 투덜대는 모습이 안 봐도 눈앞에 선했다.

"엄마 낫게 하고 싶어? 그럼 그런 데 말고 제대로 된 데 취직해서 일해 봐. 그게 엄마 낫게 하는 거야."

엄마는 왜 맨날 이런 식이야? 율이 갑자기 소리를 빽 질렀다. 서진이 눈을 떴다. 딸의 느닷없는 짜증에 서진 역시 순간적으로 머리에 열이 확 뻗치는 기분이었다. 얼굴이 새빨개진 율이 서진을 내려다보고 있었다. 최율, 너 왜 이래? 서진 역시 언성을 높였다.

"처음부터 말했잖아. K 연구소, 내가 거기 가지 말랬잖아. 거기 사람 죽이는 무기 만드는 데라고. 거기 지금 걸린 소송만 몇 갠줄 알아? 소송만 걸린 줄 알아? 불법으로 실험해서 평소에도 사람이 죽어 나가. 연구 윤리 다 개나 줬다고. 그런 데서 사람 용역으로 부리면서, 제대로 값이 나 쳐 주겠어? 봐봐, 지금도 엄마 몸만 망가지잖아. 왜 내가 말하는 건 안 들어?"

율은 거세게 화를 냈다. 서진은 지지 않고 맞받아쳤다.

"너 말 잘했다. 지금 니가 누구 돈으로 먹고사는지 알기나 해? 그 K 연구소에서 주는 돈으로 먹고살아. 너도 주제 파악 좀 해. 환갑 넘긴 엄마가 아직도 빚 갚는다고 허리 부서져 가면서 일하는데, 느끼는 거 없어?"

"아, 이게 다 나 때문이다? 나 때문에 빚만 안 졌어도 이러고 안 산다? 그렇네. 그때 내가 죽었어야 했네. 나만 없었어도 우리 정서진 여사님, 자유롭게 사셨을 텐데, 그치? 지금이라도 없어져 드릴게. 그러면 되잖아!"

율은 악을 썼다. 처음의 선의는 이미 증발하고 감정적 비약이 부른 자격지심만 남았다. 율은 방으로 뛰어가 겉옷과 지갑을 챙겨 거실로 나왔다. 서진 역시 절로 악담이 나왔다. 이제부터는 기싸움이었다.

"너, 지금 나가면 두 번 다시 내 얼굴 볼 생각하지 마."

"아휴, 여부가 있겠습니까요."

서진의 말을 가볍게 비꼬아 넘기며 현관문 밖으로 나선 율이 거칠게 문을 닫았다. 쾅 하는 충돌음이 한 차례 지나

간 뒤 도어 록이 잠겼다. 불쾌한 적막이 이어졌다. 서진은
지금 무슨 일이 일어난 건지 제대로 알 수가 없었다. 평화
로운 휴일은 순식간에 구겨진 채 쓰레기통에 처박혔다.
아아! 서진이 비명을 지르며 두 귀를 감쌌다. 최근 서진은
종종 두통과 귀울림에 시달렸다. 증상이 시작될 때마다
누군가가 귀에 쇠막대기를 집어넣어 머릿속을 휘젓는 기
분이었다. 서진은 몸을 작게 웅크렸다. 통증이 의식을 잠
식해 갔다.

9

"몸이 얼마나 안 좋으면 근무 시간을 다 줄인대? 그 언
니, 어떻게든 소장한테 잘 보이려고 열심히 하는 척, 일하
는 티는 혼자 다 냈었잖아."

"몰라. 근무 시간 줄여 달란다고 그걸 또 받아 줘? 소장
도 참 웃긴다니까."

"아, 그 언니 때문에 우리만 고생이잖아. 왜 그 언니 빠
진 몫을 우리가 메꾸냐고."

"그러게 말이다. 자기 몫을 하든가, 아니면 적당히 빠지
든가 하지. 여기 들어오고 싶은 사람이 널렸는데."

예상을 못 했던 건 아니었다. 각오하지 않았던 것도 아니었다. 그럼에도 실제로 당해 보면 새삼스럽게 고통스럽고 아픈 것이 뒷담화의 힘이었다. 얇은 문 너머로 가시돋친 말들이 여과 없이 새어나왔다. 누가 들어도 서진을 겨냥한 이야기였다. 기가 막히고 코가 막히는 일이었다. 지금까지 동료들이 이런 핑계, 저런 핑계로 스케줄을 펑크낼 때마다 묵묵히 상황을 수습하며 빈자리를 채운 장본인이 서진이었다. 목소리의 주인공들은 서진의 초과 노동으로 누구보다 많은 득을 본 사람들이었다. 물론 서진이 소장에게 잘 보이고 싶었던 것은 사실이었지만, 갑의 눈치를 보지 않는 을이 세상 어디에 있단 말인가. 문고리를 잡은 서진의 손이 가늘게 떨렸다. 당장이라도 문을 열고 버럭 소리지르고 싶었다.

그러나 서진은 조용히 돌아섰다. 일을 복잡하게 만들고 싶지 않았다. 괜히 말다툼이라도 벌였다가 비밀 실험과 특별 수당에 대한 이야기라도 잘못 흘리면 곤란해지는 것은 오히려 서진일 터였다. 백날 욕해 봐라. 욕이 배 따고 들어오나. 아무래도 오늘은 그냥 화장실에서 옷을 갈아입어야겠다고 생각하며 발걸음을 돌렸다.

10

율은 돌아오지 않았다. 가끔 있는 일이었다. 서진과 다투고 집을 뛰쳐나간 율은 며칠에서 길게는 한 달까지 소식을 끊고 자취를 감추었다. 저도 나이가 있으니 알아서 친구 집이라도 전전하고 있겠거니, 서진은 대수롭지 않게 생각했다. 일상에도 큰 변화는 없었다. 서진은 규칙적인 삶을 살았다. 매일 정해진 시간에 눈을 떴고, 출근을 했고, 청소를 마쳤고, 정기적으로 비밀 실험에 참여했다. 일을 마치고 퇴근한 다음에는 샤워를 하고, 저녁 식사를 하면서 반주로 맥주를 두 캔 마셨다. 그리고 거실 소파에 길게 늘어진 채 깜박깜박 졸음에 빠져들었다. 율이 집에 있었다면 선잠이 든 서진을 깨워서 방으로 부축해 데려갔을 테지만, 지금은 서진을 깨워 줄 사람이 아무도 없었다. 서진의 일상 속 가장 큰 변수는 하나뿐인 딸이자 유일한 가족, 율이었지만 그조차도 어느 정도 예상 가능한 변수였다.

"…시위대의 불법적이고 폭력적인 행태가 도를 넘어서고 있다는 입장인데요. 이어서 윤 시장은 오는 주말까지 시위대가 분향소를 자진 철거하지 않으면 서울시도 행정집행에 나설 수밖에 없다고 경고했습니다."

심야 뉴스 앵커의 울림 좋은 목소리가 서진의 둔해진 의식에 슬쩍 끼어들었다. 서진은 미간을 찌푸리며 눈을 떴다. 흐리게 처리된 어떤 건물의 사진이 눈앞에 펼쳐졌다. 실루엣이 어쩐지 눈에 익다 싶었는데, 서진이 뭔가를 떠올릴 새도 없이 화면이 전환됐다. 이어지는 화면에는 경찰이 시위대를 진압하는 모습이 담겨 있었다. 얼핏 보면 조그만 사람들이 허공에서 실제 전쟁을 벌인다고 착각할 정도로 영상은 생생하게 현장을 구현했다. 탱크를 닮은 거대하고 새까만 금속 기계 덩어리가 노란 광선을 쏘았다. 광선에 맞은 조그만 사람들은 사지를 뒤틀며 쓰러졌다. 마치 순간적으로 신체의 모든 뼈가 사라지기라도 한 것처럼 손상된 신체는 무력하게 울렁거렸다.

초점 없이 영상을 바라보던 서진의 눈이 감겼다. 수마가 서진을 덮쳤다.

11

"…대학 병원입니다. 최율 씨 보호자 되시죠?"

이 전화를 받기 전으로 시간을 되돌릴 수 있다면, 율이 서진과 싸우고 나가기 전 시점으로 시간을 되돌릴 수만 있다면 서진은 자신의 목숨 정도는 아무렇지 않게 내놓을 수 있었다. 아니, 기꺼이 목숨을 내다 바칠 것이었다. 서진도 이름을 들어본 적 있는, 서울의 유명 대학 병원에서 걸려온 전화는 도저히 있을 수 없는 소식을 전했다. 어떻게 올라가지. 서진은 발을 동동 굴렀다. 주말 저녁이라 서울행 초고속 열차도 전부 매진이었다. 서진은 넋이 나간 채 핸드백과 외투를 챙겼다.

혹시 율이 선배 어머님 되세요? 소식을 들은 순간으로부터 네 시간 뒤, 응급실 앞에서 황망하게 서성이던 서진에게 누군가 말을 걸어왔다. 서진보다는 머리 하나쯤은 더 클 것 같은 젊은 여성이었다. 응, 맞아요. 우리 율이 후배예요? 율이 지금 응급실에 있는 거예요? 많이 다쳤어요? 서진은 어느샌가 자기도 모르게 여성의 양팔을 강하게 붙들고 있었다.

"네, 후배예요. 근데 율이 선배, 지금 응급실에 없어요."

"아, 많이 다친 게 아니에요? 그럼 지금 어디 있어요?"

꺼져 있던 서진의 눈빛이 잠시 반짝였다. 그러나 서진에게 팔을 잡힌 여자의 얼굴은 한층 어두워졌다. 여자는 고개를 저었다. 그게 아니라요…. 정신을 차린 서진이 들여다본 여자의 얼굴은 엉망진창이었다. 시뻘겋게 부은 눈가에 눈물 자국이 가득했다. 그게 아니면 뭔데요. 아가씨,

말 좀 해 봐요. 서진이 여자의 팔을 잡아당기며 채근했다. 여자는 대답 대신 천장에 붙은 표지판으로 시선을 옮겼다. 이런저런 시설 이름들이 위치와 방향을 가리키는 화살표와 함께 붙어 있었다. 접수, 응급실, 엘리베이터, 그리고… 안치실. 여자가 물기 어린 목소리로 입을 열었다. 언니 지금… 안치실에 있어요. 안치실, 안치실이 뭐지? 서진은 뭐가 뭔지 알 수 없었다. 그게 무슨 소리예요? 안치실이 어딘데요. 뭐 하는 곳인데요. 서진의 손에 바짝 힘이 들어갔다. 여자의 몸이 맥없이 흔들렸다.

"영안실이요. 언니 지금 영안실에 있어요. 어머님, 정말 죄송합니다."

여자가 고개를 푹 숙였다. 서진의 손에서 힘이 빠져나갔다. 시야가 빙글 돌았다.

12

서진은 지금껏 자기가 딸에 대해 제대로 아는 것이 없었다는 사실에 전율했다. 서진이 아는 율은 집에서 빈둥대거나, 혹은 어디서 뭐 하는지 알려 주지도 않고 쏘다니기만 하는 반백수 딸이었다. 율이 제 나이에 맞는 건실한 사회인으로 살아 주지 않는 것이 불만스러웠지만, 그럼에도 서진은 딸과 함께 사는 것이 싫지 않았다. 아니, 둘만의 일상은 수많은 변수로 굴곡진 서진의 삶에 있어서 드물게 예측이 가능했던 행복이었다. 그것도 서진이 평생을 바쳐 일궈 낸 가장 소중한 행복. 그 익숙했던 행복이 가장 낯선 불행으로 순식간에 변신한 셈이었다.

율의 친구, 선후배, 그리고 동지라고 불리는 이들이 들려주는 이야기들은 하나같이 너무나도 생소해서 비현실적으로 느껴질 정도였다. 우선, '시민 단체 상근자'라는 신분부터가 위장이었다. 시민 단체에서 상근 활동을 했던 것은 사실이었지만, 얼마 가지 않아 그만뒀다고 했다. 서진마저도 전혀 알지 못했던, 율의 진짜 신분은 기술 독재와 권위주의 정부에 저항하는 과격파 지하 조직의 운동원이었다. 조직 내에서도 꽤 핵심적인 역할을 수행했던 모양이었다. 그들에 따르면 율은 언제나 남들이 주저하는 위태로운 선택의 순간에도 위험을 무릅쓰고 제 몸 던지기를 두려워하지 않는 사람이었다. 용기 있는 투사였고, 동시에 단체 활동비를 대기 위해 수많은 아르바이트를 병행하는 헌신적인 활동가이기도 했다. 언제나 철없어만 보였던 딸은 엄마가 전혀 모르는 곳에서, 그리고 엄마가 전혀 상상할 수 없었던 삶을 숨 막히게 질주하고 있었다. 율아,

너는 도대체 누구였니? 어떤 삶을 살았던 거니? 왜 엄마에게 알려 주지 않았니? 서진은 속으로 묻고, 묻고, 또 물었다. 서진이 아는 율과 동지들이 아는 율, 어떤 것이 진짜 딸의 모습이었을까. 아는 것과 들은 것, 그중 어느 쪽도 진짜 딸이 아닌 것 같았다. 양자 간에 가로놓인 그 아득한 괴리에 서진은 지독한 어지러움을 느꼈다.

"언니가 어머니 걱정시키면 안 된다고, 어머니 퇴근 시간에는 집에 가 있어야 한다고 했어요. 항상 잠깐이라도 들렀다가 다시 나오고 그랬어요."

설명을 이어가던 시현이 잠시 숨을 골랐다. 서진을 영안실로 안내했던 그 후배였다. 서진의 목구멍에서 뜨거운 것이 차올랐다. 구역질인지, 울음인지, 비명인지 분간할 수 없는, 어쩌면 그 모든 것이 한데 뭉쳐진 것일지도 모르는 어떤 덩어리였다. 그대로 쓰러지고만 싶었다. 하지만 그럴 수 없었다. 서진은 목 끝까지 치받치는 무언가를 혼신의 힘을 다해 눌러 삼켰다. 서진의 입에서 희미하게 쉰 목소리가 간신히 흘러나왔다.

"율이한테… 어디서 그런 에너지가 나왔을까요. 체력도 별로 안 좋은 애가…."

시현은 대답하지 않았다. 그저 휘청이는 서진의 몸을 가만히 안아 받칠 뿐이었다.

어머니. 율이는 그냥 죽은 게 아니에요. 경찰이 선배를 죽였어요. 언니는 국가로부터 살해당한 거예요. '활동가' 율의 모습을 알던 사람들은 그렇게 말했다. 그들의 얼굴에 드러나는 표정, 입에서 나오는 표현과 말투는 생전의 율을 꼭 닮아 있었다. 누군가는 대책위를 구성해야 한다고 했다. 그들의 말에 따르면 이제부터 국가 배상을 받아내기 위한 싸움이 시작될 것이었다. 시위 진압 책임자로부터, 최고 결정권자로부터, 가장 높은 곳에 있는 사람으로부터 정식 사과와 재발 방지 대책을 받아낼 때까지 투쟁을 멈춰서는 안 된다고 했다. 그리고 나아가 그들을 자리에서 끌어내려야 했다. 그러기 위해서는 서진의 힘이 꼭 필요하다는 것이 그들의 논리였다. 서진은 가만히 듣기만 했다.

그 순간, 오랫동안 잊고 지냈던 기억이 다시 떠올랐다.

30년도 더 된 일이었다. 남편의 빈소에 검은 양복을 입은 남자가 찾아왔다. 그는 하얗고 두툼한 봉투를 부의함에 집어넣고 정중하게 헌화와 분향을 마친 다음 두 번 절을 했다. 그 일련의 과정이 물 흐르듯 매끄러워 묘하게 믿음직스러운 인상이 느껴졌다. 당연히 생전의 남편과 막역한 사이였겠거니, 하는 기대를 품게 될 정도였다. 상주인 서진에게 고개를 숙인 남자는 국내 굴지의 대기업인 M 사에서 나왔다고 명함을 건네며 신분을 밝혔다. M 사는 급발진 사고를 일으킨 차량의 제조사였다. 서진은 눈앞이 새까매지는 것 같았다. 온몸이 부들부들 떨렸다. 남자는 예의 바르게 애도의 말을 전하며, 짬이 날 때 한 번 읽어 봐 주시라며 서진의 휴대용 스크린에 전자 문서 한 통을 전송했다. 문서는 도의적 책임을 통감한다는 정중한 인사말로 시작했지만, 사실상의 각서였다. 서진이 향후 M 사에 어떠한 책임도 묻지 않는다면, 그 대가로 눈이 휘둥그레질 만한 액수의 보상금을 지급할 것을 약속하는 문서였다. 대신 전제를 어길 시에는 제조사 역시 법적 대응에 나설 수 있다는 단서 조항 또한 붙어 있었다. 서진은 스크린을 집어던졌다. 나가라고 소리질렀다. 검은 양복은 표정하나 바꾸지 않은 채, 좀 진정되시면 천천히 생각해 보시라는 말을 남기고는 자리를 떠났다.

얼마 뒤, 서진의 계좌에 지금까지 찍혀 본 적 없는 액수의 큰돈이 입금됐다. 율은 너무 어렸고, 예나 지금이나 사회는 애 딸린 젊은 엄마에게 가혹했다. 그 무엇보다도 서진은 M 사의 힘이 무서웠다. 남자가 자리를 떠난 그 순간부터 서진에게는 미행이 따라붙었다. 모르는 번호로부터 정체불명의 전화가 걸려왔고, 수상한 우편물이 시시때때로 우편함에 꽂혔다. 누군가 문을 두드리고 도망가는 일도 잦아졌다. 서진은 자신이 이 사회에서 더없이 약한 존재임을 물리적으로 처절하게 깨달았다. 그래도 서진이 혼자였다면 기를 쓰고 버틸 수 있었을지도 모른다. 하지만 율을 지켜야 했다. 서진은 그들을 적으로 돌린 세계에서 율을 키울 자신이 없었다. 서진이 각서에 사인을 하고도 소란이 가라앉기까지는 한동안의 시간이 더 필요했다. 마침내 그들의 행패가 잦아들었음을 느꼈을 때, 서진은 무심코 안심하며 가슴을 쓸어내렸다. 이윽고 온몸에 벌레가 기어오르듯 끔찍한 자괴감이 돋아났다. 엄마의 이상 신호를 느꼈는지, 품에 안긴 율이 앙앙 울기 시작했다.

서진이 떠올린 것은 그 순간을 채웠던 율의 울음소리였다. 대기를 찢는 듯한 날카로운 그 울음소리, 소리, 소리. 그때의 굴욕감, 그리고 압도적이었던 무력감이 선명하게 되살아났다.

"어머니. 어머니께서 어떤 결정을 하시든 저희는 무조건 따를게요. 그냥 어머님 생각만 하시면 돼요."

시현이 서진의 어깨를 감쌌다. 율의 장례는 조용히 치러졌다. 서진의 뜻이었다.

13

빈소를 찾은 관리소장은 울먹이며 서진의 차가운 손을 꼭 쥐었다. 여사님, 속이 말이 아니시죠. 제가 무슨 말로 위로를 전해드려야 할지 모르겠네요. 일 다 치르신 다음에, 좀 쉬시면서 마음도 좀 다잡으시고 출근하세요. 원래 규정상 자녀 상(喪)은 휴무가 사흘만 나오는데, 제가 어떻게 잘 말씀드려서 부모상이랑 똑같이 닷새 쉬시는 걸로 해 드리겠습니다. 때와 장소를 가리지 못하고 기어코 생색을 내고야 마는 것이 그의 지독한 습성이었다. 네, 고맙습니다. 서진이 기운 없이 대답했다.

그러나 다시 출근한 서진이 소장에게 불려갔을 때, 닷새 전 "좀 쉬시라"고 했던 말이 무색하게 소장의 태도에는 냉기가 줄줄 흘렀다. 소장은 삐딱하게 팔짱을 끼고 앉아, 책상 앞에 서 있는 서진을 올려다보며 말했다.

"여사님, 따님 이름이 최율 맞죠?"

딸의 이름이 불리자마자 서진은 흠칫하며 얼어붙었다. 답을 기다리는 질문이 아니었다. 아니, 따님이 불법 시위자라는 말씀은 안 하셨잖아요. 이거 골 때리게 됐네. 소장이 머리를 벅벅 긁으며 짜증을 냈다. 어처구니가 없어진 서진이 되물었다.

"지금 뭐라고 했어요?"

"아니, 여사님 사정 딱한 거야 알죠. 자식 마음대로 안 되는 거 모르는 사람이 어딨습니까. 그런데 이 불법 시위가 우리 원청에 반대하는 시위란 말이에요. 뭐를 반대한다더라? 아무튼 뭐 만드는 거 반대한다고. 근데 불법 시위자 가족이랑 같이 일한다는 게, 회사 입장에서도 곤란하거든요. 안 그래도 내년에 용역 재계약 앞두고 있는데."

소장은 말끝마다 따박따박 '불법'을 갖다붙였다. '불법 시위', '불법 시위자', '불법 시위자 가족', 압류품에 빨간 딱지를 덕지덕지 붙이듯 사람을 범죄자로 이름 붙이는 솜씨 역시 물 흐르듯 자연스러웠다. 서진의 눈에 불꽃이 일었다. 야, 이 씨발년아, 사람이 죽었는데 불법이 어쩌고 어째? 서진이 소장의 머리채를 쥐어뜯었다. 소장이 비명을 질렀다. 아야! 나한테 왜 이래요! 이 아줌마가 사람 잡네!

잠시 후 문이 열리고 경비원 두 명이 들어와 소장에게서 서진을 떼어냈다. 서진이 발버둥쳤다. 놔! 놔! 이 개새끼들아! 서진은 비명을 지르며 밖으로 끌려나갔다. 사무실에 혼자 남은 소장이 흐트러진 머리를 잠시 매만지다 콤팩트를 꺼내 화장을 고쳤다. 어휴 씨발, 진짜 별일이 다 있어. 재수없게.

그 이후 서진이 다시 연구소에 발을 들이는 일은 없었

• 196

다. 잘린 게 아니라 스스로 그만둔 것이었다.

14

커튼을 걷지 않아 해가 중천이었음에도 거실은 어두컴
컴했다. 서진은 무릎을 세우고 몸을 웅크린 채, 소파 아래
에 기대앉아 있었다. 평소에 서진이 소파에 길게 누워 있
는 동안, 율이 자주 취했던 자세였다. 서진은 공중에서 요
란하게 명멸하는 영상을 충혈된 눈으로 멍하니 올려다보
았다. 점처럼 작은 사람들이 영상 속에서 서로 밀고 밀렸
다. 검은 제복을 입은 경찰과 자유로운 복장의 시위대가
대치하는 모습이었다. 일렁이는 인파 속에서 빨간 점 한
개가 유독 눈에 띄었다. 자세히 보니 점이 아니라 빨간 헬
멧을 쓴 사람이었다. 헬멧 때문에 얼굴을 알아보기는커녕
남자인지, 여자인지조차도 알 수 없었지만 서진은 이 사
람의 정체를 정확히 알 수 있었다. 고작 얼굴 하나를 가렸
다고 못 알아볼 리가 없었다. 짜리몽땅한 키, 동그란 어깨,
그리고 제 아버지를 닮아 체구에 비해 굵었던 목선까지.
율이었다. 서진이 보고 있는 것은 율의 동지가 현장의 한
빌딩에서 촬영한 영상이었다.

저희가 어머님께 지금 이 영상을 드리는 게 맞는 건지 모르겠어요. 어머니께서 직접 보시기에는… 정신적으로 너무 힘드실 것 같아서요. 시현이 한숨을 쉬었다. 그는 휴대용 스크린에 뜬 전송 버튼을 누르지 못하고 마지막 순간까지 주저하고 있었다. 나는 이미 정신적으로 죽은 사람이에요. 힘들고 말고 할 것도 없어요. 서진은 시현의 손에 놓인 휴대용 스크린을 낚아채 대신 버튼을 누른 후, 다시 시현에게 돌려주었다. 서진의 주머니 속에서 띠링, 하는 알림음이 났다. 데이터 전송에 성공했다는 뜻이었다. 시현이 마른세수를 했다.

그렇게 딸의 마지막 순간이 담긴 영상을 전달받을 수 있었다. 그리고 서진은 허공에 떠 있는 화면에 종일 시선을 고정한 채 하루하루를 보냈다. 잠이 오면 그 자리에 누워서 자고, 배가 고프면 아무거나 꺼내서 입에 집어넣었다. 딸이 죽어도 잠이 와서 눈이 감기고, 배가 고파서 뭘 먹는다는 게 실감 나지 않았다. 그렇지만 서진의 신체는 야속하리만치 꾸준히 생명 활동을 계속했다. 죽은 사람은 죽은 사람이고, 산 사람은 산 사람이라는 말이 이렇게 잔인한 말인 줄은 미처 몰랐었다. 삶과 죽음을 가르는 이 강렬한 단절이 역으로 생의 감각을 일깨웠다. 감각은 잔혹

하게 생생했다. 서진이 진저리를 치는 동안에도 허상의 시위대는 움직임을 멈추지 않았다.

빨간 헬멧이 까만 경찰 제복들에게 붙들렸다. 빨간 헬멧은 격렬하게 몸부림쳤지만 역부족이었다. 빨간 헬멧의 움직임은 곧 잦아들었다. 그리고 잠시 후 노란 광선이 반짝였다. 광선에 맞은 빨간 헬멧의 몸이 튀어올랐다. 그리고 온몸의 뼈가 사라지기라도 한 듯 불쾌하게 울렁거렸다. 기분 나쁘게 울렁거렸다. 울렁거렸다. 울렁거렸다?

갑자기 어떤 기시감이 서진의 머리를 강하게 때렸다. 이미 수십 번, 수백 번도 더 본 영상이었다. 그렇지만 서진은 이 모습을 분명히 집이 아닌 어딘가에서 본 적이 있었다. 어디였을까. 서진은 태어나서 단 한 번도 시위 같은 곳에 나가 본 적이 없었다. 뉴스에서 봤던 기억일까. 그것도 아니었다. 무언가 움직임 자체가 지나치게 익숙했다. 마치 패턴처럼. 패턴? 무슨 패턴? 서진의 머릿속에 불길한 예감이 스쳤다. 잠깐, 아닐 거야. 에이, 아니겠지. 서진이 두 손을 접었다 펴서 공중에 떠 있는 화면을 확대한 뒤, 다시 재생 버튼을 눌렀다.

15

다시 만나고 싶다는 서진의 연락을 받았을 때, 시현은 왠지 모르게 올 것이 왔다는 느낌을 받았다. 드디어 마음을 바꾸신 걸까, 아니면 다른 걸 알아채신 걸까. 시현은 마치 거짓말을 하다 들킨 아이처럼 등골이 서늘해졌다. 율의 여러 동지들 중에서도 유독 시현이 서진과의 소통을 전담해서 도맡는 데는 서진이 알지 못하는 또 다른 이유가 있었다.

최율과 이시현, 두 사람은 뜻을 함께하는 동지이자 동시에 연정을 나누는 연인 관계였다. 시현은 자신을 끔찍이 아끼는 율이 왜 가족에게 자신을 소개하지 않는지, 그것이 늘 서운했다. 어머님이 혐오자셔? 시현의 불만 섞인 물음에 율은 언제나 웃기만 했다. 그래서 시현은 딸을 잃은 충격에 휩싸인 서진에게 실은 자신이 율의 반려였노라고, 차마 먼저 밝힐 수가 없었다. 언니가 먼저 말하지 않았으니까. 누군가에게 기억되고 싶은 대로 기억될 권리도 있는 거야. 시현은 그렇게 스스로를 다독였다. 율의 죽음 이후, 서진이 딸을 잃은 슬픔 속에서 무력감에 빠져드는 동안 시현은 짝을 잃은 고통을 소명의식으로 바꾸었다. 누군가는 반드시 율의 뜻을 이어 가야 했다. 그것이 남은 자들의 의무였다. 그리고 그 일에 가장 적합한 사람은 자신뿐이라고 시현은 굳게 믿었다.

"내가, 내가 율이를 죽였어요. 내가….."

시현이 자리에 앉자마자 서진이 참아 왔던 울음을 터뜨렸다. 카페에 있던 모든 사람들의 시선이 두 사람에게 집중됐다. 시현은 서진의 옆자리로 옮겨 앉아 동그랗게 말린 등을 안아 살살 쓸었다. 후회가 크시겠지. 시현은 율이 엄마랑 싸웠다며 자신의 집으로 찾아온 날을 기억했다. 시현의 품에 안겨 한참을 씩씩대던 율은 어느 순간 크게 심호흡을 하더니 짐짓 진지한 표정을 지으며 말했다. 아 씨, 내가 엄마한테 잘해야 되는데. 우리 엄마한텐 나밖에 없잖아. 율의 갑작스러운 태세 전환이 웃겨서 시현은 웃음을 터뜨렸었다. 흐느끼던 서진이 갑자기 고개를 들고 가슴을 쓸어내리며 심호흡을 했다. 이런 것도 닮는구나. 시현은 생각했다.

"내가… 내가… 율이를 죽인 기계를 만드는 데 참여한 것 같아요."

이어진 서진의 설명은 시현의 예상을 뛰어넘는 충격적인 내용이었다. K 연구소에서 대인용 살상 무기를 만드는 과정에 자신이 동원된 것 같다는 것이었다. 서진은 김 주임의 설명을 인용했다. 인공지능에게 패턴을 학습시키는 실험이랬어요. 나 같은 아줌마들도 얼마든지 새누리, 아, 기계 이름이에요. 그걸 다룰 수 있게 만드는 게 목적이라고 그랬어요. 스크린에 뜨는 표적을 맞히는 일을 내가 거기서 했는데, 그 표적 움직임이 너무 닮았어요…. 그 노란 광선 있잖아요. 거기 사람이 맞았을 때 움직임이랑, 내가 표적을 맞혔을 때의 움직임이 너무 똑같아요. 정말 너무 똑같아. 시현이 휴대용 스크린을 꺼내 새누리, 세 글자를 검색창에 입력했다. 마침 어제 자로 발행된 기사가 몇 개 있었다. K 연구소에서 뿌린 보도자료 같았다. "K-방위산업, 세계 첨단에 서다!" 안전한 진압 장비 '새누리'를 각국에 수출할 예정이라는 것이 기사의 요지였다. 사람을 죽일 수도 있는 '대인용 살상 무기'라는 말은 쏙 빠져 있다. 이거였구나! 서진은 분노와 흥분이 뒤섞인 감정이 치밀어 올랐다. 가슴이 두근거렸다. 율을 죽인 무기의 정체를 마침내 확인했다는 분노와, 생각했던 것보다 판이 커질지도 모르겠다는 흥분이 뒤엉켰다.

시현은 고개를 들어 서진을 바라보았다. 서진의 양 볼을 타고 눈물이 줄줄 흐르고 있었다. 탁자 위에 놓인 서진의 오른손 주먹이 부들부들 떨렸다. 옆에 앉은 시현이 서진의 손을 부드럽게 맞잡았다.

"시현 씨가 저번에 물어봤던 거. 그래요. 우리 율이 마지막 영상, 공개할게요. 내가 동의할게요. 그리고 이제 내가 뭘 할 수 있는지 알려 줘요. 뭐든지 할게요."

긴 싸움이 시작될 것이었다. 그리고 율과의 관계를, 지금까지 쌓아 왔던 기억들을, 그리고 두 사람이 서로 공유했던 미래와 여러 가지 청사진들을 서진에게 밝힐 날이 생각보다 빨리 찾아올 것 같다는 강렬한 예감이 시현을 사로잡았다.

작가의 한마디

초고를 읽어 준 친구로부터 왜 작중 청소 노동자는 로봇이 아니냐는 질문을 받았을 때, "로봇을 쓰는 값보다 사람을 쓰는 값이 더 싸서"라고 대답했던 기억이 난다. 그리고 사람이 사람을 부리는 쾌감을, 인간이 그렇게 쉽게 포기할까? 자본이 무언가의 값을 매기게 계속해서 놔두는 한, 살아 있는 존재의 핏값은 꾸준히 덤핑될 것이다. 그 섬뜩함을 생각하며 이 글을 썼다. 그럼에도 불구하고 누군가는 맞서 싸우기를 멈추지 않는다는 사실을 잊지 않으려 애쓰면서.

살처분

전효원

잘 벼려 낸 칼을 쓰는 직업을 갖고 있으며, 손에 칼이 없을 때는 글을 쓴다. 삼라만상에 다양한 관심을 두고 있으나 어느 분야든 깊이 파지 않는 성격이라 지식은 얕은 편. 대자연 속에서의 휴식을 즐기지만 잠은 튼튼한 지붕 아래에서 자야 하는 모순적인 취향의 소유자.

거여 마을에서 절단된 손이 발견되었을 때부터 기분이 찜찜했는데, 특정된 용의자가 캄보디아 출신의 이주 노동자 남성이라는 소식에 편두통이 찾아왔다. 그 여자가 또 사사건건 어깃장을 놓을 것이란 걱정에 금선 파출소장 강경희는 엄지로 관자놀이를 누르며 자리에서 일어났다. 골치가 아프긴 해도 그 여자와 나름 잘 아는 사이기도 하고, 거여 마을에서 나고 자란 자신이 직접 상대하는 편이 여러모로 나을 것이었다.

"내가 한번 가 볼랑게 니네는 일들 보고 있어라. 박 순경아, 운전 좀 히라이."

서울 사람이 어쩌다 전라북도 김제의 면 소재지 파출소에 발령이 났는지 알 수 없는 박상준 순경이 벌떡 일어나 차 키를 챙겼다. 여기에 온 지 두 달이 넘었는데 행동이 경직된 것은 둘째치고, 고시원에 틀어박혀서 경찰 시험 준비를 하느라 해를 못 본 탓에 허연 피부가 여전했다. 이제 날이 슬슬 추워지는 계절인데, 아무래도 내년 여름까지는 저 꼴이지 싶었다.

파출소에서 거여 마을까지는 4킬로 남짓한 거리였다. 도로 양쪽으로 쌀 수확이 끝난 논 중간중간에 볏짚들이 거대한 덩어리로 둥그렇게 말린 채 흰 비닐로 싸여 있었다. 사람들이 저걸 보고 마시멜로 같다고 하던데, 초코파이 가운데 들어 있는 크림과 비슷한 건 하얀색이라는 사실뿐인데 왜 그런 말을 하는지 모를 일이었다.

"근데 웬일로 소장님이 직접 현장에 가십니까?"

"누가 들으면 내가 맨날 책상 앞에 앉아서 떵가떵가 노는 줄 알겠다?"

"그런 뜻은 아닙니다!"

박 순경이 깜짝 놀라 큰 소리로 대답하자 강 소장이 귀를 후볐다.

"아오, 알었어. 소리 좀 지르지 마라. 애 떨어지겠네."

"아? 소장님 임신하셨습니까?"

"얌마, 내 나이 쉰넷에 뭔 임신이여? 너는 농담을 모르냐? 이것은 그냥 뱃살이여."

강 소장은 자신이 파출소 근처 한 동짜리 아파트에 혼자 살고 있고, 결혼한 적도 없다는 얘기까지는 굳이 꺼내지 않았다. 경찰대 출신 엘리트가 왜 이 나이를 먹도록 경감밖에 못 달았는지, 조직 내 정치에 밀려나고 상관의 부정에 반발하다 강등 먹은 개인사 역시 좀처럼 공유하는 법이 없는 사람이었다. 그저 뻘쭘한 표정을 짓는 박 순경의 실문에 제대로 된 답을 주었다.

"거여 마을 그 여자를 상대할라면 내가 가는 게 제일 나아서 그려. 다른 애들은 워낙에 버거워서."

"그 여자요?"

"어, 부 응옥 란이라고 있어."

"부옥란요?"

"왜? 우리나라에 무슨 부씨가 있나 싶냐?"

유명 아이돌 덕분에 박 순경은 우리나라에 부씨가 있다는 사실은 알고 있었다. 그보다는 강 소장의 옥 발음이 조금 이상해서 다시 확인한 것이었다.

"한 10년 전쯤에 베트남에서 시집온 여자여. 한국 국적 딴 지도 꽤 되았고, 너보다 한국말도 잘헐걸? 농담도 잘 알아듣고."

"근데 성격이 까칠한가 봐요?"

박 순경의 질문에 강 소장이 미간을 찌푸리며 고개를 살짝 옆으로 기울였다.

"이거를 까칠허다고 히야 허나…. 아녀, 그냥 정상이여.

너무나 심허게 정상이지. 이 여자가 이주 노동자나 국제 결혼헌 사람이 관련된 일이라먼 아주 자기 일처럼 발 벗고 나서는디, 우리가 아무리 안 글라고 히도 쪼매 거시기헌 부분이 있기 마련이잖녀. 암만히도 우리나라 사람이 아닝게, 이? 긍게 뭔 소리냐먼, 차별을 헐라고 허는 게 아닌디 무의식적으로다가, 이? 근디 이 사람은 외국인이 쪼금이라도 부당헌 대우를 받는 꼴을 못 봐요. 들어 보면 다 맞는 말이여. 옳은 소리고. 우리가 반성허고 고쳐야 허는 부분들이 맞어. 최 경사 같은 애들은 그 여자가 맥없이 시비만 건다고 싸우기도 허는디, 그것은 잘못이지. 그리서 내가 가는 게 낫다는 거여."

강 소장에겐 부 응옥 란을 만나기가 꺼려지는 개인적인 이유가 또 있었지만, 신참에게 굳이 이야기할 필요는 없었다. 세상 누구에게도 이야기한 적이 없는 일이기도 하고.

"그 여자헌티 점수 딸라먼 부녹란 씨라고 부르면 된다 이. 우리나라에서는 응옥이라고 허는디, 베트남 현지 발음은 녹에 가깝다더라고."

그저 가벼운 팁을 덧붙였고, 박 순경은 입술로만 부녹란의 이름을 외우며 고개를 끄덕였다. 컵 홀더에 놓인 아몬드 깡통이 덜그럭거렸다.

쌀쌀한 날씨에 꼭꼭 올려 닫은 차창을 뚫고 들어오는 지독한 닭똥 냄새가 거여 마을에 가까워졌음을 알렸다. 콧속을 깊이 찌르는 고양이 오줌 냄새와 잘게 갈린 조개 껍데기의 비릿한 먼지 향과 형체가 문드러질 정도로 검게 썩은 지푸라기의 퀴퀴한 향이 섞인 고약한 냄새가 항상 거여 마을을 젖은 담요처럼 덮고 있었다.

예전에는 이렇지 않았다. 좁은 개울에는 맑은 물이 흘렀고, 해가 넘어가는 시간이면 밥 짓는 냄새가 노을을 타고 퍼지는, 도시 사람들이 상상하는 전형적인 시골 동네였다. 강 소장이 자랄 때만 해도 마을에 사는 주민이 꽤 되었다. 그런데 강 소장 세대의 사람들이 대부분 도시로 떠나면서 노인들만 남았고, 세월이 흐를수록 자연의 법칙에 따라 그 숫자도 점차 줄어들었다.

강 소장 역시 고등학교까지는 집에서 전주까지 통학했지만, 경찰대학에 진학하면서 이 지역을 떠났다. 30대에 부모님이 돌아가신 후에도, 마흔쯤 조직의 배려인 척하는 좌천 덕에 연고지로 발령을 받았을 때도 거여의 빈집으로 돌아가지 않고 파출소 인근에 집을 새로 얻었다.

7, 8년 전에 외지인 김기열 사장이 거여에 대규모 양계장을 짓겠다며 나타났을 때 마을 노인 몇 명이 탄원서를 썼다. 하지만 우선 서명한 인원이 너무 적었고, 예정지 주

변의 주택들에는 사실상 상주하는 사람이 없어 양계장이 들어오는 것을 막지 못했다. 덕분에 수 킬로 밖까지 닭똥 냄새가 진동하는 사태가 벌어졌다.

경찰차가 양계장에 가까워질수록 오히려 냄새는 덜해졌다. 실제로는 악취가 더 진해졌겠지만, 후각이 닭똥 냄새에 익숙해진 탓이었다. 그러니 사람들이 이 동네에서 밥도 먹고, 잠도 자겠지. 강 소장은 바깥 공기 안으로 들어서기 전에 마지막으로 침을 꼴깍 삼키고 차 문을 열었다.

가장 먼저 눈에 들어온 것은 미니 버스 크기의 분쇄기였다. 양계장 앞 공터에 지옥문처럼 버티고 서서 피비린내를 풍기고 있는 그 철제 구조물이 바로 최경욱의 절단된 오른손이 발견된 장소였다. 피해자의 나머지 부분은 살처분된 닭들이 갈려서 열처리 후 비료가 되는 과정을 거쳤음이 밝혀졌다. 분쇄기 하단에 저장된 단백질 비료를 헤집어 보니 최경욱이 최근에 해 넣은 임플란트도 있었다.

"전 죽으면서 따봉을 했다는 게 정말 이해가 안 돼요."

박 순경의 말대로 분쇄기 틈에 끼어 있던 최경욱의 손은 주먹을 쥐고 엄지손가락만 세운 이상한 모양새였다. 마치 용광로에 스스로 내려간 터미네이터처럼. 하지만 멀쩡한 정신 상태의 인간이 자기의 몸이 분쇄되는 상황에 그런 손 모양을 유지할 수 있을 리는 없다. 꼭 지장을 찍으려는 듯한 모양을 한 덕분에 지문 확인이 수월하긴 했지만.

"아무래도 제정신이 아니었겠죠? 얼마 전에 인터넷 기사에서 보니까 이주 노동자들 사이에서 '야바'라는 마약이 유행이라고 합니다. 필로폰에 카페인 같은 걸 섞었다던데. 피해자도 마약에 취한 상태에서 분쇄기에 빠진 게 아닐까요?"

"사건 근방에 이주 노동자가 있었다고 히서 무작정 의심의 색안경을 쓰고 곧장 마약이랑 연관시키는 그런 흐름, 다분히 차별적이다이. 경찰이 그럼 쓰냐?"

강 소장은 아까 본인도 무의식적으로 그럴 때가 있다더니, 박 순경을 단호하게 나무라며 분쇄기 쪽으로 걸음을 옮겼다. 검게 굳은 피와 고기 부스러기, 닭털이 구석구석에 꼼꼼히도 달라붙어 있었다.

"어어? 그냥 들어오시면 안 돼요!"

통통한 몸매 탓에 하얀 방역복을 입은 모습이 유명 타이어 회사의 마스코트를 연상시키는 중년 남자가 손사래를 치며 뛰어왔다. 날씨 탓인지 아니면 아침 댓바람부터 술이라도 마셨는지 잔뜩 찌푸린 얼굴이 불그죽죽했다. 그는 옆에 세워져 있던 봉고차 문을 열어 하얀 방역복을 꺼내며 투덜거렸다.

"방역 중인 거 아시면서 아무렇게나 들어오시면 어떡합니까?"

"아따 미안하게 됐네요이. 근디 누구시데요?"

강 소장이 말로만 사과하고 막걸리 냄새를 풍기는 상대의 신원을 확인했다.

"우선 이거 입으셔요. 저는 여기 방역 작업 맡은 김봉석입니다."

강 소장은 방역복을 받아들며 고개를 끄덕였다. 하얀 풍선 인형 같은 남자는 만경산업의 김봉석 사장이었다. 방역 작업이라고 그럴싸하게 말했지만, 사실 조류인플루엔자에 걸린 개체가 발견된 양계장의 모든 닭을 살처분하는 끔찍한 일이었다. 문제의 분쇄기가 바로 그의 소유였고, 용의자로 지목된 썸밧 씨는 그의 고용인이었다.

"그 뭐더라, 썸밧? 그 양반은 어디 있나요?"

"아까 형사들이 와서 데려갔습니다."

김제 경찰서의 강력팀 형사들이 벌써 다녀간 모양이었다. 어차피 살인 사건은 파출소 선에서 해결하긴 어려우니 그들이 나서는 게 당연하지만, 미리 귀띔이라도 해 주면 수갑에 녹이라도 스나. 30년쯤 전에 읍을 시로 승격시키느라 사방팔방 다 김제시에 포함시킬 때는 언제고, 시

내에서 조금만 벗어나도 촌구석이라고 무시하는 꼬락서니가 여전했다. 강 소장은 혀끝이 씁쓸해서 마른 입맛을 다시고 물었다.

"사장님이 썸밧 씨에 대해 진술을 하셨지요?"

"제가 보기에는 그놈이 의심스러워서요."

"어떤 점이요?"

"같은 얘기를 또 하게 만드시네." 김봉석은 꺼억 소리를 내며 거하게 막걸리 트림을 하고 말을 이었다. "여기 금선면 전에 병남면에서 조류인플루엔자가 발생했잖아요. 한산면까지 퍼져서 우리 회사에서 다 작업을 했단 말이죠. 김제시는 거의 제가 맡아서 하니까요. 근데 경욱 씨가…."

"경욱 씨요?" 강 소장이 끼어들었다. "피해자와 친분이 있었는가벼요?"

김봉석은 지저분한 손을 방역복 안쪽으로 넣어 목덜미를 긁었다.

"친분이라고 할 정도는 아니지만, 이쪽 업계 사람이 해당 지역 검역관을 모르면 안 되죠. 그 사람이 전주 사무소에 검역관으로 온 지 3년째니까요. 식사 몇 번은 했죠. 근데 올해 새로 들어온 우리 직원한테 그 사람이… 관심을 좀 가졌어요."

강 소장은 김봉석이 피해자 최경욱을 '경욱 씨'라고 부르지 않고 '그 사람'이라고 부르기 시작했다는 사실을 눈치챘다. 의식적인 거리두기로 미루어 볼 때 '식사 몇 번'이 풍기는 뉘앙스보다 훨씬 여러 차례일 수도 있고, 그 자리에 술과 여자가 포함됐을 가능성도 커 보였다. 중년 남자들의 비즈니스.

"관심이요?"

강 소장이 추임새를 던지자 김봉석이 마뜩잖은 표정으로 대답을 계속했다.

"라린이라는 애가 새로 왔거든요. 태국에서 온 여자애예요. 원래는 깻잎 따는 일 같은 거 했다는데, 날이 쌀쌀해지고 농사일이 없어지니까 이제 우리한테 온 거죠. 걔가 스물다섯인가, 그 정도 되는데, 어리고 얼굴도 예쁘고 하니까 최경욱 검역관이, 그, 친하게 지내려고 한 거죠."

태국에서 온 어리고 예쁜 아가씨에게 어떤 방식으로 친하게 지내려고 했을지는 짐작하고도 남았다. 가뜩이나 여성 인권에 대한 의식 수준이 바닥인 이 나라에서 동남아 여성들은 성매매나 매매혼 등 '매매'라는 글씨가 낙인된 것처럼 취급받았다.

"박 순경아, 피해자가 몇 살이었지?"

"44세였습니다."

강 소장이 입꼬리를 내리며 역겹다는 표정을 짓자 김봉

석이 손을 내저었다.

"아니, 그 사람도 뭐 연애하려고 그런 건 아니고요."

그래. 마사지나 받고, 함께 자기나 하려고 그런 거였겠지. 강 소장은 알아들었다는 듯이 고개를 끄덕였다.

"근디 그게 썸밧 씨허고 뭔 상관이데요?"

"썸밧은 저랑 일한 지 벌써 5년도 넘었고, 한국 온 지는 그보다도 오래됐어요. 얘네들 사이에서는 나름 빠워가 있는가 보더라고요."

"얘네들이요?"

"그, 외국인 노동자들 말입니다."

"이주 노동자들요."

"예, 뭐, 그거요. 아무튼 썸밧 걔가 얘네들 사이에서 일자리 알선도 해 주고, 불법 체류자들 도와주기도 하고, 그러는가 보더라고요. 캄보디아 코흘리개가 출세했죠. 모르긴 해도 그렇게 브로커 행세하면서 뒷돈도 많이 챙겼을 겁니다. 썸밧이 캄보디아 말로 '재물'을 뜻한다고 하더니만, 이름 그대로 돈을 엄청 밝혀요. 돈 안 주면 일도 안 하려고 하고 말이죠."

노예도 아니고 돈을 안 주면 일을 안 하는 게 당연하지 않나. 강 소장은 기가 찼지만, 일단 말을 끊지 않고 얘기를 더 들어보기로 했다.

"얘가 업무적인 부분에서는 나무랄 데가 없이, 사장이 없어도 회사가 원활하게 돌아갈 정도로 잘해요. 근데 요즘 들어 대가리가 컸는지, 무슨 지네들 권리를 보장해 달라느니 어쩌느니 하면서 속을 썩입니다. 솔직히 그럴 거면 내가 한국 사람들 뽑지, 뭐 한다고 외국인들 씁니까?"

김봉석의 얘기를 듣던 강 소장은 머릿속에 한 사람을 떠올렸다. 부 응옥 란. 썸밧이라는 사람은 부 응옥 란의 남자 버전인 모양이었다. 아마도 아직은 조금 순한 맛.

"라린도 썸밧이 데려온 거였어요. 근데 자기도 마음이 좀 있었던 모양이죠? 최경욱 검역관이 라린한테 들이대니까 지가 싫은 티 팍팍 내고, 검역관이 현장에 온다고 하면 라린을 다른 곳으로 보내고 그러더라고요. 솔직히 라린 입장에서는 한국 공무원하고 잘되면 좋은 거 아닌가요? 썸밧이 그냥 자기 생각만 한 거죠."

"연애할라고 그런 건 아니라매요?"

"아, 아니, 그래도 혹시 또 모르잖아요."

이 막걸리 사장한테 들을 얘기는 다 들은 것 같았다.

"라린이라는 여성분은 어디에 있나요?"

"저기 저 회색 컨테이너에서 쉬고 있습니다. 썸밧이 없으니까 이게 어디까지 진행된 상황인지 제가 잘 파악이 안 되어서 말이죠. 어쨌든 점심 먹고는 작업을 시작할 겁니다. 아, 근데 아까 이 동네 사람이라고 이상한 여자가 찾아왔더라고요. 괜히 헛바람 넣는 거 아닌지 모르겠네."

강 소장은 김봉석의 말에 미간을 찌푸리며 박 순경과 눈을 마주쳤다. 박 순경도 김봉석이 얘기하는 이상한 동네 여자가 누군지 알겠다는 얼굴로 고개를 끄덕였다. 박 순경은 소리 없이 부녹란, 부녹란을 되뇌고, 악명 높은 베트남 여전사를 드디어 맞닥뜨린다는 사실에 긴장한 듯 마른침을 삼켰다. 강 소장은 왼손으로 컨테이너 철제문의 둥근 손잡이를 잡고, 마치 링에 오르는 권투 선수처럼 고개를 좌우로 꺾어 목 근육을 풀었다. 가볍게 노크하자 안에서 단단한 목소리가 "네." 하고 대답했다. 신경을 긁는 녹슨 경첩 소리와 함께 문을 열었다.

"녹란 씨, 오랜만이네요. 여기서 뭐 하신데요?"

"강 소장님, 안녕하세요. 그동안 잘 지내셨어요? 얼굴은 여전히 좋아 보이네."

그 사람이 거기 있었다. 뽀글뽀글 아줌마 파마머리 아래의 까무잡잡한 얼굴에 진한 아이라인의 커다란 눈과 반듯한 콧날, 유행 따윈 신경 쓰지 않겠다고 고함치는 듯한 흑장미색 입술이 굳건히 자리했다. 화려한 꽃무늬 누빔 조끼에 자주색 일 바지, 조끼와 동일한 원단으로 만든 버선까지 서른다섯의 젊은 나이가 무색할 정도로 전형적인 촌부의 외형이었지만, 말투는 전라도 사투리가 전혀 섞이지 않고 깔끔한 서울 말씨였다.

무심한 듯 툭툭 던지는 억양에 높임말과 반말을 미묘하게 섞어 쓰는 데서 오는 도도한 느낌. 송혜교에게 한국말을 배워서 그렇단다. 〈그들이 사는 세상〉, 〈태양의 후예〉, 〈남자친구〉 등을 특히 여러 차례 봤다고. 여기 산 지 10년이 되었는데도 전라도 사투리가 전혀 묻어나지 않는 점까지 송혜교스러웠다. 강 소장은 대학 진학과 함께 타지 생활을 하고 특히 서울에서 오래 지내면서 사투리를 전부 지웠다가도, 이곳에 돌아오니 금세 전라도 토박이 말투가 되어 버렸는데 말이다.

"좋아 보이기는 뭣이 좋아 보인데요? 라면 먹고 잤더니 팅팅 부었고만."

"이쪽 분은 처음 뵙네?"

"박 순경 본 적 없으셔? 저번에 새로 왔어요."

"우리야 사실 경찰 볼 일이 없는 게 좋죠."

부 응옥 란이 보호하듯이 라린의 어깨를 감싸며 대답했다. 라린은 긴장했는지 몸을 잔뜩 움츠리고 고개를 숙인 채였지만, 김봉석의 말마따나 어리고 예쁘다는 사실은 충분히 확인할 수 있었다.

"이쪽 분이 라린 씨? 성은 어떻게 돼요?"

부 응옥 란이 옆을 흘깃 보더니 대신 대답했다.

"라린은 본명이 아니고 츠렌이에요. 태국 사람들은 이름 외에 별명, 애칭 개념의 츠렌을 갖고 있어서 대부분 그이름으로 불러요. 닉쿤, 민니 이런 식. 라린은 귀엽다는 뜻이래요. 우리 귀요미한테 찰떡이죠?"

그러고는 손가락으로 라린의 코끝을 톡 쳤다. 얼굴을 붉히는 라린의 모습에 박 순경은 입꼬리가 올라갔지만, 강 소장은 무심히 질문을 반복했다.

"본명은 뭔데요? 비자는 있는 거죠?"

"비자는 당연히 있…."

"라린 씨의 대답을 듣고 싶은데요. 한국말 할 줄 알죠?"

강 소장이 부 응옥 란의 말을 자르고 자라처럼 목을 아래로 늘이며 라린과 눈을 맞추었다.

"제 이름은 낫타윈눗 윗미따난입니다. 여권은 여기."

라린이 암갈색 표지의 여권을 강 소장에게 건네자 부 응옥 란이 깜짝 놀라 손을 뻗었다.

"얘! 여권은 잘 간수하랬잖니! 아무한테나 주고 그러면 큰일 나!"

강 소장은 몸을 획 돌려 피하며 라린의 여권을 펼쳐 코끼리 그림이 그려진 속지에 찍힌 비자 사증을 확인했다. 그런 후 여권을 라린에게 돌려주며 투덜댔다.

"아무한테나라고라오? 말씀을 서운허게 하시네요이. 금선면에서 젤로 믿을 만한 사람이 누구냐 물으먼 이 파출소장이라고 대답할 사람이 많을 것인디."

부 응옥 란은 한쪽 입꼬리를 올리며 바람 새는 소리를 내고 대꾸했다.

"어느 국적을 가진 사람에게 묻느냐에 따라 대답은 달라질 수도 있죠."

"예예, 어련하시겄어요. 거시기, 라린 씨한테 몇 가지 물어볼란디, 녹란 씨는 계속 옆에 붙어 계실라요?"

"통역이 필요할 수도 있으니까."

강 소장의 질문에 부 응옥 란은 가뜩이나 큰 눈을 더 크게 뜨며 자기 쪽으로 라린의 어깨를 끌어당겼다. 강 소장은 그럴 줄 알았다는 듯이 고개를 끄덕이고는 라린에게 시선을 옮기고 단도직입적으로 물었다.

"최경욱 씨하고 친했어요?"

"죽은 검역관요? 얘가 그 남자하고 친할 일이 뭐가 있어요? 얘는 그저…."

흠칫하는 라린을 대신해서 부 응옥 란이 대답하다가 강 소장에게 경고의 눈빛을 받고 마지못해 입술을 붙였다. 라린이 얼굴 앞을 가리던 머리칼을 귀 뒤로 넘긴 다음 침을 꼴깍 삼키고 입을 열었다.

"그분 무서워요. 자꾸 쫓아와요."

강 소장이 인상을 구겼다. 죽은 남자가 쫓아온다니, 이
건 또 무슨 말인가? 귀신을 보는 건가? 라린의 손등에 문
신으로 그려져 있는 뜻 모를 태국 글자가 갑자기 불길해
보였다. 설마 그런 건 아니겠지. 죄책감을 느끼고 있는 건
가? 살인에 관련이 되었거나, 뭔가를 목격했거나. 강 소장
의 생각을 읽은 듯이 부 응옥 란이 손을 저었다.

"아니, 그런 거 아니에요. 얘가 과거시제를 못 배워서
그래. 그 남자 살았을 때 자꾸 따라다녀서 무서웠다는 말
이에요. 그 사람이 자꾸 얘네 회식하는 데도 찾아오고, 얘
네 사장한테도 자리를 마련해라 어째라…. 아, 얘네 사장
은 만났어요? 아까 밖에 있던데."

부 응옥 란이 손짓까지 하며 컨테이너 밖으로 관심을
유도하려 했지만, 강 소장이 어림없다는 표정으로 생각의
방향을 다시 회색 철제 벽 안으로 끌어당겼다.

"이거 뭐 보온이 전혀 안 되네요이? 시방도 이러면은 한
겨울에는 사람 얼어 죽겠네. 에어컨도 히터도 없고, 이런
디서 살어요?"

"새삼스럽게 왜 이래? 이주 노동자의 삶에 대해 진짜 아
무것도 모르시나 봐요, 금선면에서 젤로 믿을 만한 파출
소장님."

부 응옥 란이 쏘아붙였다. 이주 노동자들이 열악한 환경에서 생활하는 거야 오래전부터 익히 들었지만, 여러 해가 지났으니 지금쯤이면 나아졌겠거니 짐작했던 강 소장은 머쓱한 표정으로 다시 라린에게 질문했다.

"그러면 썸밧 씨허고는요? 애인 사이 맞대요?"

"썸밧, 착한 사람입니다. 다들 썸밧을 좋아해요."

"라린 씨도 그렇다는 소리로 들리네요. 썸밧 씨는요? 썸밧 씨도 라린 씨를 좋아했대요?"

라린은 얼굴을 붉히며 고개를 살짝 저었다. 둘 사이에 뭔가 있었던 것은 확실해 보였다. 강 소장은 눈썹을 꿈틀거리며 다음 질문을 준비했다. 그때 부 응옥 란이 다시 끼어들어서 흐름을 깨뜨렸다.

"소장님, 그렇지 않아도 제가 썸밧에 대해서 할 얘기가 있는데." 부 응옥 란은 박 순경과 라린에게 번갈아 눈길을 주고는 강 소장 쪽으로 다가서며 목소리를 낮추었다. "여기서 얘기하긴 좀 그렇고…. 저랑 썸밧한테 함께 좀 가시죠? 형사들이 아무 증거도 없이 김봉석이 말만 듣고 경찰서로 데려갔잖아. 체포한 것도 아닐 테니까 제가 가서 데려오고 싶은데요. 가면서 얘기해 드릴게."

그렇게 두 사람은 경찰차에 올랐다. 박 순경에게는 양계장 주인을 만나서 얘기를 좀 들어보고, 자전거라도 빌려서 돌아가라고 일렀다. 강 소장은 그 숫기 없는 친구가 난감한 표정을 짓는 것이 조금은 안쓰러웠지만, 정 방법이 없으면 뛰어서라도 가겠지 생각하며 차에 시동을 걸었다. 김제 시내에 있는 경찰서까지는 40분 남짓 걸릴 예정이었다.

"안전벨트 하쇼이."

"경찰차 오랜만에 타네요. 하긴 그때는 조수석이 아니라 뒷자리였지."

7년 전 장맛비가 지긋지긋하게 이어지던 여름이었다.

"저희 시어머니 말만 듣고 소장님이 저를 체포했었죠. 아참, 그때는 소장이 아니었지."

부 응옥 란의 가시 돋친 회상에 강 소장은 쓴웃음을 지었다.

"할매는 잘 계시죠?"

"예, 그럭저럭요. 틈만 나면 며느리 잘못 들여서 아들 둘을 다 죽였다고 욕하는 것도 여전하시고."

부 응옥 란이 진절머리가 난다는 얼굴로 고개를 가로저었다. 큰아들이 죽은 지 1년도 채 지나지 않아 작은아들까지 잃은 시골 노인네의 심정이 오죽하겠냐만, 부 응옥 란입장에서는 억울할 일이었다. 전남편 정동기는 8년 전 만취 상태로 경운기를 몰다가 농수로에 빠져서 차체에 깔려

즉사했고, 시동생 정동배 역시 집 마루에서 낙상하여 섬돌에 머리를 부딪쳐 병원으로 옮겨졌으나 사흘을 넘기지 못했다. 두 죽음 모두 사고사였다.

"저년이 죽였다."라며 고래고래 소리 지르는 심순례 할머니의 말만 듣고 부 응옥 란을 체포했던 게 바로 강 소장이었다. 정동배가 마루 아래에 쓰러져 머리에서 피를 흘리는 동안 부 응옥 란이 아무런 구호 조치도 취하지 않았다는 사실이 의심스러웠다. 하지만 당일에 장맛비가 요란하게 쏟아져 아무 소리도 듣지 못했다는 진술의 타당성을 부인할 수 없었다. 결국 혐의 없음으로 풀려났지만, 베트남 출신이 아니었더라면 겪지 않았을 그 경험이 지금의 부 응옥 란을 만들었다. 강 소장은 두고두고 원망을 듣는 신세가 되었고.

"이거, 아몬드 좀 드실라요? 와사비 맛이 나던디."

강 소장이 컵홀더에서 아몬드 깡통을 꺼내 부 응옥 란에게 건넸다.

"됐어요."

뻘쭘해진 강 소장이 억지로 깡통을 넘기고 다른 화제를 찾았다.

"나래는요? 많이 컸겠네요이?"

"우리 딸이야 항상 일등이죠. 누굴 닮아서 그렇게 똑똑

한지."

아홉 살 정나래가 누굴 닮았는지는 명확했다. 아빠 정
동기는 어려서부터 바보라고 불릴 정도로 매사에 굼뜨고
지능이 낮았다. 한동네에서 자랐던 강 소장의 친구들도
네 살 위의 정동기를 오빠라고 부르기는커녕 다양한 별명
으로 놀리기 일쑤였다. 심순례 할매는 마흔다섯이 넘도록
라면 하나 끓일 줄 모르는 첫째 아들 걱정이 이만저만이
아니었다. 여기저기 소문난 중매쟁이들에게 부탁했지만,
대부분 고개를 절레절레 흔들었다. 중매쟁이 하나가 애
셋 딸린 과부 얘기를 꺼냈다가 심순례 할매에게 뺨을 맞
았다고 한다.

그러다 국제결혼 중개업자를 통해서 며느리로 들인 것
이 바로 지금 조수석에 앉아 있는 부 응옥 란이었다. 강
소장이 시계 방향으로 핸들을 돌려 우회전을 하며 동승자
를 힐끔 보고 물었다.

"그래서 썸밧에 대해 할 얘기가 뭐데요? 라린하고 애인
사이 맞아요? 최 검역관이 라린한테 집적대서 죽인 거래
요? 혹시 기냥 집적댄 수준이 아니라 선을 넘었나요?"

"강간이라도 했으면 죽여도 된다는 말처럼 들리네요?"

부 응옥 란의 도발적인 반문에 강 소장은 앞을 달리는
트랙터를 추월하기 위해 왼쪽 깜빡이를 켜고 차선을 옮

기느라 잠깐 답을 하지 못했다. 아무리 강간범이라도 살인은….

"최 검역관이 라린을 강간했나요?"

"미수라고 해 두죠."

강 소장이 짧게 한숨을 뱉었다. 부 응옥 란이 말을 이었다.

"라린과 썸밧이 특별한 사이는 아니었어요. 아까 물어보니 라린은 호감을 품고 있었던 것 같긴 해요. 썸밧이 누구에게나 친절하고 다정한 사람이라 종종 오해를 사곤 하거든요."

"그 양반이 친절허고 다정한 게 다가 아니라 이주 노동자 문제에 겁나 적극적으로 나선다고 하드만요. 꼭 누구처럼."

부 응옥 란은 장난스러운 표정을 지으며 강 소장이 누구를 말하는지 모르겠다는 듯 어깻짓을 하며 대꾸했다.

"그렇다고 해도 살인까지 할 사람은 아니지 않을까요?"

차가 빨간 신호에 걸려 잠시 멈추었다. 강 소장은 말없이 부 응옥 란의 표정을 살폈다.

"녹란 씨는 어떤데요? 죽어도 싼 놈이 있다면 살인까지도 할 수 있나요?"

이번에는 부 응옥 란이 말없이 강 소장에게 시선을 고

정했다. 두 사람은 그렇게 한참 동안 서로의 눈을 바라보았다. 서로 질문의 의도와 침묵의 의미를 읽기 위한 눈싸움이 벌어졌다.

빵빠앙!

뒤에서 기다리던 차가 경적을 울릴 때까지 녹색불이 켜진 줄도 몰랐던 강 소장이 엉덩이가 들썩할 정도로 깜짝 놀라 차를 출발시켰다. 그러고는 부아가 치밀어 거울을 보며 인상을 썼다.

"엔간하면 기냥 갈 판인디, 엄청 급한 일이 있나벼. 경찰차헌티 빵빵거리게."

부 응옥 란이 낄낄거리며 비상등 버튼을 눌러 뒤차에 사과의 뜻을 전했다.

"근디 녹란 씨, 나한티 헐 말이 그게 다요? 둘이만 얘기허자는 거 치고는 내용이 맹탕인디?"

강 소장이 비상등을 끄며 물었다.

"그 검역관이 죽던 날 밤에 라린이 들은 게 있대요. 그날 회식 자리에 빠지고 컨테이너에 혼자 있다가 그놈한테 큰일을 당할 뻔했는데, 썸밧이 어떻게 알았는지 찾아와서 지켜줬대. 그러고 나서 문을 꽁꽁 잠그고 이불을 뒤집어쓰고 있는데 밖에서 남자 둘이 싸우는 소리가 나더라는 거예요."

"소기의 목적을 달성허지 못한 최경욱이가 훼방을 놓은 썸밧하고 싸웠는갑죠. 썸밧이 젤로 유력한 용의자가 되는 정황이 맞고요."

"아니, 썸밧 목소리가 아니었대요. 검역관과 언성을 높이던 것은 사장 목소리였대요."

"사장? 김봉석이요? 확실하대요?"

"라린 얘기로는 그래요."

부 응옥 란이 한발 물러서자 강 소장은 의심의 눈썹을 더 치켜올렸다. 문 잠긴 컨테이너 안에서 이불까지 쓰고 거리가 꽤 되는 분쇄기 근처에서 싸우는 목소리를 확실하게 들을 수 있었을까? 그리고 가뜩이나 한국말도 서툰 라린이 한국말 목소리를 확실하게 구분할 수 있었을까? 라린은 썸밧에게 분명히 호감이 있다. 짝사랑 상대를 위해 지어낸 말은 아닐까?

"하지만 그 현장에 사장이 있었다면, 사건이 터지자마자 썸밧을 지목해서 형사들에게 끌려가게 한 이유가 분명하게 설명돼요. 본인이 의심을 살 가능성을 처음부터 제거하려는 거였다고요. 일단 이주 노동자가 용의선상에 오르면 다들 범인으로 확신하니까요. 두 사람의 진술이 상충하더라도 검은 피부의 캄보디아인보다는 한국인 사장님의 말을 믿겠죠."

내용은 차치하고, 부 응옥 란의 어휘력은 매번 강 소장을 탄복하게 했다. 송혜교가 저런 단어들까지 가르쳐 주지는 않았을 텐데. 변호사 뺨치는 말솜씨도 마찬가지고.

"그 자리에 사장이 있었다면, 허는 가정이네요이. 증거는 없고."

"증거가 왜 없어? 소장님이 믿지 못하는 것뿐이지. 라린이 사장의 목소리를 들었다잖아요. 한국말이 서툰 태국 여자의 증언은 신빙성이 떨어져요?"

"에헤이, 뭘 또 그렇게까지 말을 한다요? 금선 파출소장 강경희 이름을 걸고 억울헌 사람 없게 자알 살펴볼 텡게 그 황소 같은 눈 좀 부라리지 마쇼이!"

두 사람이 거친 말투로 서로의 신경을 긁어 공기가 까칠해진 차 안에 한동안 정적이 흘렀다. 강 소장이 분위기를 바꿔볼 요량으로 입술을 떼며 쩝 소리를 내자, 부 응옥 란은 관심 없는 티를 팍팍 내며 유리창에 오른쪽 이마를 기댔다. 강 소장도 부아가 나서 괜히 속도를 높이다가 과속방지턱을 덜컹거리며 넘어 부 응옥 란이 유리창에 머리를 찧고 말았다. 차체 하부에서 난 빠직하는 소리와 별개로 오른쪽에서 다른 소리가 들렸음에도 강 소장은 전방에 시선을 고정한 채 운전에만 집중했다. 강 소장을 한참 노려보던 부 응옥 란이 퉁명스럽게 물었다.

"그 흉물스러운 집은 계속 그렇게 관리도 안 하고 비워 두실 거예요? 귀신 나오게 생겨서 섬뜩할 때가 한두 번이 아니에요. 고약한 냄새도 나고. 진짜. 뒷집에 사는 사람 생각도 좀 해 줘야지."

거여 마을에 있는 강 소장의 본가 얘기였다. 강 소장이 고등학교를 졸업한 이후로 방문한 횟수가 손에 꼽을 정도였고, 부모님이 돌아가신 뒤엔 단 한 번도 발을 들이지 않았던 그 집. 바로 뒤 경사로 위쪽에 있는 부 응옥 란의 집에서는 그 빈집이 훤히 들여다보였다. 어린 시절 강 소장은 심순례 아줌마가 두 아들에게 쏟아붓는 잔소리를 정동기, 정동배 형제와 함께 듣는 기분이었다. 집에서 가만히 듣기만 해도 바보 형 동기가 또 어떤 어이없는 행동을 하고 있는지, 말썽꾼 동생 동배가 무슨 짓을 저질렀는지 다 알 수 있었다.

동기는 소변을 지려 가랑이가 누런 바지를 입고 남의 논밭에서 뒹굴거나 동네 똥개들과 어울려 놀았다. 동배는 중학교에 들어가기도 전부터 남의 집 빨랫줄에 걸린 여자 속옷을 훔쳐 모으기 시작했다. 당시만 해도 시골 동네 어른들은 동배의 행동을 '추잡스러운 장난질' 정도로만 여겨 꿀밤이나 한 대 먹이고 넘겼다. 하지만 한 번 비뚤어진 방향을 바로잡아 주지 않는다면, 선로는 점점 더 깊은 곳으로 파고 들어가게 되어 있다.

"내놓은 지 10년도 넘었는디, 아무도 산다는 사람이 없다요. 뒷집이 너무 붙어 있는 게 마음에 안 들어서 긍가."

"집을 팔려면 수리도 좀 하고 깨끗하게 관리를 해야지, 그런 흉가가 안 팔리는 걸 왜 우리 탓을 해요? 그리고 요즘 누가 이런 촌구석으로 이사를 온다고. 귀농 유행도 지났어요."

강 소장의 한탄에 부 응옥 란이 물러서지 않고 맞받아쳤다.

"안 그리도 저번에 어떤 광고지에서 봉게로 태양광 발전 설치하면 정부에서 지원금도 준다더만요. 그걸로 전기도 팔고 허면 어떨랑가 싶어요."

"파출소장 월급이 그렇게 박봉이에요? 그 좁은 부지에서 전기 장사를 생각할 정도로? 차라리 소장님도 살처분 업체를 차리는 건 어때요? 김봉석 사장 보니까 돈을 아주 긁어모으던데."

"오, 그려요? 아까 그 양반이 김제에서는 다 자기가 작업헌다고 하드만은. 사업 수완이 좋은가 보네요이."

"김제만이 아니라 전라북도 일거리를 거의 독점한다던데. 소장님이 회사를 차리면 공무원들하고 연줄도 있으니까 경쟁력이 좀 있지 않나? 일종의 전관예우?"

"에헤이, 공무원이라고 다 같은 공무원이간디요? 내가 농림축산부 직원이나 되면 몰라도 전관예우는 무슨….."

"소장님 회사 차리면 취직 좀 하려고 했더니 글렀네. 시어머니 병원비가 점점 늘어나기 시작하는데, 에효."

부 응옥 란이 농담을 던지고 한숨을 쉬었다. 그런데 강 소장이 흘끔 조수석을 보니 파마머리 베트남 며느리가 꼭 진담인 것 같은 표정을 하고 있었다. 생각해 보면 그의 인생도 참 기구했다. 만리타향에 시집와서 남편과 시동생을 먼저 보내고, 시어머니를 모시며 딸을 키우다니. 하긴 두 남자가 살아 있을 때도 하나는 아무것도 못 하는 바보였고, 다른 하나는 하루가 멀다 하고 싸움을 일으키는 쓰레기였으니 지금보다 상황이 나았다고 하기도 어렵다. 강 소장의 입에서도 한숨이 새어 나왔다. 부 응옥 란이 운전석을 흘깃했다.

"저희 시동생 말이에요."

부 응옥 란이 운을 떼자 강 소장은 순간적으로 숨이 턱 막히는 기분이 들었다. 비가 많이 오던 날 만취 상태로 마루에서 낙상, 섬돌에 부딪힌 뒤통수에 주먹만 한 구멍이 뚫려 사흘 만에 죽은 정동배. 시골 동네라 다들 쉬쉬하고 있었지만, 젊어서부터 쉰둘로 죽기 직전까지 온 동네 여자들을 있는 대로 건드렸다는 소문의 난봉꾼.

"어렸을 때부터 싹수가 노랬다죠?"

"예, 뭐, 거시기, 악명이 높았지요이."

부 응옥 란이 잠깐 뜸을 들이다 고백하듯 말했다.

"처음에는 문을 빼꼼히 열고 훔쳐보더라고요."

"예?"

"시동생이요. 저와 남편이 관계를 가질 때, 종종 문틈으로 훔쳐봤어요. 남편은 모르는 것 같았지만, 저는 알고 있었어요. 다만 어떻게 해야 할지를 모르겠더군요."

사춘기 소년도 아니고 그때 이미 40대 중반이었을 텐데 그래도 그 자식이라면 충분히 그러고도 남았겠지. 강 소장은 목 뒤에서 허리까지 등 전체가 불편하고 구역질이 날 것 같은 기분이었다.

"그러던 어느 날 밤에는 아예 바로 옆에까지 와서 보고 있는 거예요. 그때는 저도 너무 놀라서 비명을 질렀어요. 그랬더니 피식 웃고는 돌아서서 나가더군요. 그러는 내내 바지 안에 들어간 손은 멈추지 않았어요."

강 소장은 고개를 왼쪽으로 돌리고 주먹으로 입을 틀어막아 신물이 넘어오는 걸 참아냈다.

"나래에게 젖을 물릴 때도 물끄러미 쳐다보는 시선 때문에 소름이 끼쳤어요. 남편은 여러모로 모자랐지만, 완력은 셌기 때문에 시동생이 그나마 큰 싸움이 벌어지는 건 피하려고 했어요. 그러다 남편이 사고로 죽고 나니, 더는 거칠 것이 없다는 듯 노골적으로 추근대기 시작했죠."

강 소장은 땀도 흐르지 않는 이마를 손등으로 훔쳤다. 도로가 거의 비었다는 것을 알면서도 괜히 신경을 곤두세우고 양쪽 사이드미러와 리어뷰미러를 확인했다. 고개를 좌우로 비틀어 목을 이완시켰다. 정동배가 부 응옥 란에게 무슨 짓을 했는지 알고 싶지 않았다. 그놈에 관한 이야기를 더는 듣고 싶지 않았다.

"자기 젊었을 때 이 동네 여자들 거의 다 자빠뜨렸노라 자랑스레 떠들…."

"시방 그런 소리 해 봤자 벌써 몇 십 년 전이라 공소시효도 지났고, 애초에 범인이 뒤져서 공소권도 없어라오."

강 소장이 부 응옥 란의 진술을 막았다. 입을 벌린 채 말을 멈췄던 부 응옥 란이 강 소장의 말에서 뭔가를 알아차린 듯 눈썹을 치켜올렸다.

"범인…이라고요?"

"아니, 거시기, 용의자요. 아무튼 그 뭐냐…."

잘 살고 못 사는 건 타고난 팔자지만….

말문이 막힌 강 소장을 도운 건 박 순경의 전화였다. 휴대전화와 블루투스로 연결된 자동차 스피커에서 요란하게 들리는 트로트 곡에 부 응옥 란이 "벨소리 하고는."이라며 고개를 저었지만, 강 소장은 못 본 척하며 통화 버튼을 눌렀다.

"어, 박 순경아, 양계장 주인은 만나 봤냐?"

"예, 소장님. 좀 전에 헤어졌습니다. 키우던 닭 20만 마리를 모조리 잃었다고 얼마나 짜증을 내던지 대화 나누기가 힘들었어요. 살처분 정책에 불만이 많아 보였고요."

"그려?"

"예. 그리고 김봉석 사장 욕을 많이 하더라고요. 우선 이산화탄소 가스를 주입해서 닭을 죽인 다음에 분쇄기에 넣어야 하는데, 이주 노동자들한테 그냥 산 채로 빨리빨리 처리하라고 닦달했나 봐요. 아무리 가축이지만 그 처참한 광경은 악몽을 꿀 정도로 끔찍했답니다. 썸밧 씨와 직원들도 스트레스가 이만저만 아니었을 것 같습니다."

"스트레스를 많이 받았다고 살인을 저지르진 않아요!"

조수석에 앉아 가만히 듣고 있던 부 응옥 란이 버럭 끼어들었다.

"으억? 누, 누구세요?"

"뭐 그렇게 놀래냐? 부녹란 씨여. 거 조용히 좀 하쇼이. 암도 그런 소리 안 했고만. 박 순경아, 괜찮응게 계속 얘기혀."

"괜찮겠습니까?"

강 소장이 옆자리를 흘깃했다. 박 순경이 엄청난 사실을 알아냈을 리도 없고, 부 옹옥 란이 무슨 말을 들어도 어디 가서 떠벌릴 위인은 아니었다.

"괜찮여. 얘기혀."

"그리고 많이 억울해하는 것 같았습니다. 인근에 다른 양계장도 없고, 방역에 엄청나게 신경을 썼는데 바이러스가 어디서 들어왔는지 모르겠다고 하면서요. 입추도 지나기 전부터 철저하게 관리했다더라고요. 이래도 뚫리는데 어떻게 막느냐면서 만경강 철새 도래지를 메워 버려야 한다느니, 철새들을 모조리 쏴 죽여야 한다느니 과격한 소리까지 하던데요."

강 소장은 콧방귀를 뀌었다.

"그것은 농장 측 과실이 없다는 게 증명되아야 보상금을 더 받을 수 있응게 허는 소리일랑가도 몰라. 보상금이 원래 80프로 나오는디, 거기가 이번에 두 번째라서 20프로 깎인다더만. 글고 과실이 있으면 5프론가 더 깎인디야. 방어막이 부족했응게 뚫렸지. 뭐, 누가 역실로 조류인플루엔자 바이러스를 갖다 뿌리기라도 했겠냐?"

강 소장이 아무 생각 없이 덧붙인 마지막 문장에 부 옹옥 란이 눈을 희번덕거렸다. 강 소장은 인상을 팍 구겼다.

"아따 눈 좀 그렇게 뜨지 말랑게요. 무섭게스리. 박 순경아, 일단 끊어라이."

전화를 끊은 강 소장의 눈앞에 부 응옥 란이 주먹을 꽉
쥔 오른손을 내밀었다. 아무리 한적한 도로라지만 운전자
의 시야를 가리는 행위가 조수석 탑승자의 업무에 포함되
어선 안 됐다.

"왜 이려? 후딱 손 치우쇼이."

"소장님." 부 응옥 란이 의미심장한 표정으로 뜸을 들였
다. "사실은 썸밧이 저에게 엄청나게 중요한 증거를 맡겼
거든요."

"예에?"

깜짝 놀라는 강 소장 앞에 부 응옥 란이 다시 주먹을 흔
들었다. 그러다 강 소장이 손을 뻗으니 주먹을 얼른 피했
다. 강 소장은 눈을 부라리며 급히 차를 갓길에 세웠다. 기
어를 P에 놓는 동시에 왼발로 주차 브레이크를 밟고, 두
손으로 부 응옥 란의 주먹을 잡았다.

"손 펴 보랑게요!"

강 소장이 안간힘을 썼지만, 부 응옥 란도 엄지로 나머
지 손가락들을 꽉 누르며 버텼다.

"아따, 참말로!"

두 사람이 낑낑대며 한참을 실랑이한 끝에 강 소장이
부 응옥 란의 엄지를 펴는 데 성공했다. 그런데 둥글게 말

린 검지 틈새로 보인 것은 다름 아닌 아몬드 알이었다. 강 소장은 겨우 끄집어낸 와사비 맛 아몬드를 입에 던져넣고 와그작 깨물면서 툴툴거렸다.

"아, 뭐 하자는 거여요?"

부 응옥 란은 대답 대신 오른손을 다시 흔들었다. 강 소장이 억지로 편 엄지만 세워진 '따봉' 모양이었다. 강 소장은 잘게 부서진 아몬드 조각들을 혀와 입천장 사이에서 굴리며 부 응옥 란의 손을 한참 들여다보았다. 기름진 고소함을 고추냉이의 알싸한 맛이 깔끔하게 잘라냈다.

"그러니께 범인이 시체 손에서 뭔가를 꺼내 갔다 이거네요이."

"나머지 손가락들은 주먹을 쥔 상태로 남을 수 있는, 작은 크기였을 거예요. 이 아몬드처럼. 김봉석이 최 검역관을 죽일 이유가 뭘까 내내 고민했거든요. 아, 전문가들은 동기라고 하죠? 살해 동기가 주먹에서 빼낼 크기의 작은 물건이라면, 그게 뭘까요?"

"에헤이, 그러코롬 범인을 미리 정해 놓고 증거를 짜 맞추는 게 아녀라오. 증거를 분석히서 범인을 찾아가야지, 녹란 씨가 추리허는 방향은 거꾸로랑게요."

강 소장이 차근차근 설명했지만, 부 응옥 란은 귓등으로 흘렸다.

"내가 형사도 아니고 정석을 따를 이유가 있나? 나는 라린이 김봉석 목소리를 들었다는 말을 믿어요. 소장님은 썸뱃이 범인 같다는 김봉석의 말을 믿나요? 한쪽은 한국인이고 다른 쪽은 태국인이라서?"

"아따 그런 사람 아니랑게 자꾸 그러시네! 저는 둘 다 의심합니다. 됐어요?"

부 응옥 란은 강 소장의 말도 믿는다는 듯이 고개를 끄덕이며 앞을 가리켰다.

"언제까지 갓길에 서 있을 거예요? 안 가요?"

"그리서 녹란 씨 생각에는 그 아몬드 알이 뭐디요?"

강 소장의 질문에 부 응옥 란이 피식 웃었다.

"방향이 거꾸로라면서요?"

"참고는 할 수 있응게 얘기나 한번 들어보게요."

"하긴. 내 얘길 듣고 나면 행선지가 바뀔 수도 있겠네."

부 응옥 란의 자신만만한 표정에 강 소장은 더 안달이 났다. 대체 뭘 생각해 냈길래 저러는 거람. 터무니없는 소리를 하면 길가에 내려놓고 가 버릴 테다.

"사실 생각해 보면 너무나 당연해요. 김봉석이 죽인 시체가 손에 쥐고 있던 게 어떤 사실을 밝힐 증거였다면, 김봉석의 다른 범죄와 관련된 증거겠죠. 그걸 감추려고 살인을 저질렀을 테니까요."

아무런 근거가 없는 가정으로 시작하긴 했지만, 강 소장은 일단 들어보기로 했다. 뭐, 여기가 법정도 아니고.

"그 범죄라는 게 뭘까? 아까 소장님이 말씀하신 게 힌트가 됐어요."

"내가 뭔 소리를 했드라."

"조류인플루엔자 바이러스를 누군가 일부러 퍼뜨렸을 가능성. 그 누군가가 김봉석이고 그 증거를 검역관이 갖고 있었다면?"

김봉석이 그런 짓을 저질렀을 동기는 충분했다. 거여 마을에서 닭 20만 마리의 살처분 작업을 수주함으로써 김봉석의 만경산업은 작업비 8억 5천만 원을 챙겼다. 이전에 조류인플루엔자가 발생했던 지역과 거리가 상당히 떨어져 있고, 양계장 주인이 주장하는 대로 방역이 철저하게 관리되고 있었다면, 의심해 볼 여지가 있다. 김봉석이 고의로 바이러스를 옮겼다면 검역관이 뭔가 낌새를 알아차리고 증거를 확보했을 수도 있다. 하지만 이 모든 가능성은 근거가 없다. 아직은.

"썸밧 씨는 경찰서에 좀 더 내비두고 다른 디부터 가 봐야 할 것 같네요이."

"우리 마을 전에 조류인플루엔자 터진 양계장?"

"예."

"거봐. 내가 행선지가 바뀔 수 있다고 했죠?"

강 소장은 차를 돌려 한산면으로 향했다. 강 소장은 부응옥 란의 흐름에 말려든 것 같아서 마음이 불편했지만, 정석적인 절차를 밟은 수사는 시의 똑똑이 형사들이 잘하고 있을 테니 촌구석 파출소장 아줌씨는 다른 쪽을 둘러보는 것도 나쁘지 않겠다 싶었다. 이번에도 인중에 달라붙는 닭똥 냄새가 양계장의 위치를 알려 주었다.

13만 마리의 닭이 몰살당한 한산면 양계장은 텅 비어 있었다. 녹슨 철장이 가득한 축사 내부에는 입구를 지나며 봤던 하얀 개가 컹컹거리는 소리만 메아리쳤다. 축사를 둘러보는 두 사람을 발견한 양계장 주인은 개보다 조금 더 공격적이었다. 강 소장을 청소업체 직원으로 착각한 탓이었다. 왜 이리 늦었냐고 성화를 부리던 주인은 강 소장의 소개를 듣고서도 믿기 어렵다는 눈빛으로 파란 유니폼을 입은 중년 여성과 파마머리에 꽃무늬 조끼의 베트남 여성을 번갈아 보았다.

"이상한 점이라… 글쎄요. 딱히 생각나는 건 없는디요. 나부터가 제정신이 아니었어 가지고 말여요. 아, 맞다. 어느 날인가 동남아 남자 하나가 닭을 한 마리 빼돌리려고 하니까 그중에 대장 같은 애가 엄청 뭐라고 혼내데요."

만경산업의 살처분 작업 과정에 이상한 점은 없었는지

묻자 주인이 콧볼을 긁으며 대답했다.

"썸밧?"

"저야 이름은 모르죠. 서른도 안 돼 보이는 젊은 남자드만요."

"닭은 왜 빼돌렸을까요?"

"모르죠. 가져가서 먹을라고 했는가, 어쩐가."

강 소장은 그 남자가 동남아 출신이 아니라 한국인이었어도 병 걸린 닭을 훔쳐서 먹으려 했다는 의심을 받았을까 생각했다.

"김봉석 사장은 뭐 수상헌 점 없던가요?"

"그 양반이야 저를 쪼매 불쌍허게 생각했지요. 병남면에서 조류인플루엔자 터지고, 제가 진입로하고 축사 주변에 소독 장비를 설치했거든요. 그 일을 맡긴 게 그 양반 회사였고요."

"만경산업요?"

"예. 미리 대비를 하는 것이 좋지 않겠냐고 연락이 왔어요. 자기가 지금 병남면에서 살처분 작업 중인디 인근 지역 양계 농가도 걱정이 된다고. 처음에는 무슨 보험 들라는 전화인 줄 알고 그냥 끊을라고 했드만, 듣다 보니까 전문가 말이 맞는 것 같더라고요. 근디 기껏 돈 들여서 대비를 허자마자 효과도 보기 전에 일이 터져부렀어요. 이건 뭐 외양간 고친 날에 소를 잃은 격인가. 그 양반 잘못은 아니지만, 그래도 도의적인 책임이 있응게 쪼금 할인을 해주겄다고 하드라고요."

과연 도의적인 책임뿐이었을까. 외양간을 고쳐 준 인부가 소를 훔친 것은 아닐까. 강 소장은 자신을 바라보는 부 응옥 란의 커다란 눈이 주장하는 내용을 충분히 알아들을 수 있었다. 사전에 김봉석이 접촉을 해 왔고 그 이후에 이 양계장에 조류인플루엔자가 발병했다. 의심의 근거가 차곡차곡 다져지고 있었다.

강 소장은 꼬리를 흔드는 하얀 개를 쓰다듬고 부 응옥 란이 먼저 앉아서 기다리는 경찰차에 탔다. 인정하고 싶지 않았지만, 그의 억지 추리가 점점 맞아떨어지는 흐름이었다. 차가 움직이자 부 응옥 란이 열 손가락으로 빗처럼 파마머리를 쓸어올리고는 의기양양하게 물었다.

"이제 어디로 가실 건가요, 소장님?"

"김봉석이를 다시 한 번 봐야 쓰겄네요."

"사이렌 울리고 빠르게 달리죠?"

"도로도 텅텅 비었는디 뭣 한다고 사이렌을 울려요."

"사이렌은 기분이죠!"

"아니거든요."

말은 그렇게 했지만, 강 소장은 이미 범인을 잡은 것 같아 기분이 꽤 좋았다. 사사건건 시비만 건다고 생각했던 부 응옥 란이 수사에 이렇게 큰 도움을 줄 거라고는 생각도 못 했다. 그의 시비가 모두 합당한 이의제기였다는 사실도 새삼 깨달았다. 부당함에 대한 항의를 거북하게 생각해서는 안 된다. 그 자신이 언젠가 부당한 일을 겪게 될 때 주변의 도움을 받기 위해서라도 말이다.

"근데 소장님, 이 사건에서 라린은 빠져도 무리 없겠죠? 어린애한테 안 좋은 딱지가 붙을까 봐 걱정이에요."

부 응옥 란이 진심으로 걱정하는 얼굴로 물었다. 김봉석의 약점을 잡은 검역관이 그를 여러모로 압박했을 테고, 정황상 라린이 관련된 내용도 있었던 것으로 보였다. 회식 자리나 작업 현장에 최 검역관이 자주 나타나서 라린에게 추근댔다고 하니, 보이지 않는 곳에서는 더욱 집요하고 끈적하게 그녀에게 손을 뻗었을 것이었다. 호시탐탐 기회를 엿보던 검역관이 그날 밤 라린이 자신을 피해 회식에 참석하지 않을 것을 역으로 노리고 컨테이너를 방문한 것일 테다. 어쩌면 라린이 컨테이너에 혼자 있다는 사실을 김봉석이 알려 줬을 수도 있다.

썸밧이 눈치를 채고 달려온 덕분에 최악의 사태는 막을 수 있었지만, 이 살인 사건이 벌어지는 과정에 한국인, 그것도 공무원과 태국 출신의 20대 여성이 얽혀 있었다는 사실이 알려지면 세간의 의견이 어떤 방향으로 흘러갈지는 불 보듯 뻔했다. 진실과 무관하게 라린은 십중팔구 건실한 중년 가장을 유혹해서 엽기적인 죽음에 이르게 한 요녀라는 욕을 먹게 될 것이다. 라린의 신상이 파헤쳐질 것이고, 불법 체류자라는 누명이 씌워질 것이며, 여론의 압박에 못 이긴 당국에서 추방 카드를 꺼내 들 가능성도 있다.

살인범을 특정하고 범죄 사실을 증명하는 것과 무관한 내용을 굳이 밝혀서 혹시 모를 선의의 피해자를 만들 이유가 있을까. 이미 썸밧은 살인 현장 근처에 있었다는 이유만으로 범인 취급을 받고 있지 않나. 라린을 이 난장판에 내놓아야만 하나. 이 사회에 편견이 가득하다는 현실을 인정하자. 난폭 운전자가 넘치는 도로를 달릴 때는 방어 운전을 하는 게 맞다. 내게 과실이 없다고 해도 사고가 나면 동승자가 다치니까.

고민을 끝낸 강 소장이 무심한 얼굴로 툭 말을 뱉었다.

"라린 씨는 살인이 벌어질 당시 숙소에서 꼼짝도 안 했담서요. 아무 상관 없는 사람 아녀요?"

부 응옥 란의 검은 장밋빛 입술에 빙그레 미소가 떠올랐다.

"그렇죠. 맞아요."

부 응옥 란이 손바닥을 들었지만, 강 소장은 하이 파이브는 과하다는 생각에 입을 삐죽하고 거여 마을을 향해 속력을 높였다. 부 응옥 란은 어색하게 잼잼을 하며 손을 내려 아몬드 깡통 뚜껑을 열었다. 조수석에서 나는 오도독 소리를 가만히 듣고 있던 강 소장이 아몬드의 맛에 대해 얘기라도 하는 듯 건조하게 옛이야기를 시작했다.

"경찰대에 합격항게 부모님이 신이 나 가지고 동네에 떡을 다 돌렸어요. 마을에 대학 가는 사람도 적었고 외지로 유학 가는 사람은 거의 없었응게 자랑하고 싶었는가벼요. 집집마다 떡을 돌림서 전액 장학금을 받는다, 기숙사에 들어강게 인자 자주 못 만나서 서운한디 큰 인물이 될라면 별수 없다, 잘난 딸 가진 부모 심정을 알겄냐, 내가 동네 챙피해서 원…."

"그럴 만도 하죠."

"앞에서는 다들 축하한담서 부러워했지만, 뒤에서는 배알이 꼬여 재수 없다고 욕하는 사람도 꽤 됐을 것여요이."

부 응옥 란이 입술을 비틀며 바람 새는 소리를 냈다. 강 소장의 이야기는 계속되었다.

"근디 그 소식을 듣고 보통 사람들허고 전혀 다른 마음을 먹은 놈이 있었어요. 농고 다니다 선생을 패서 퇴학당하고 몇 년째 당구장이니 노름판이니 전전허던 스물한 살

양아치 정동배. 예, 녹란 씨 시동생요. 전주에서 고등학교 친구들이랑 늦게까지 축하 파티를 허고 돌아온 다음 날이었어요. 부모님은 일 나가시고 집에 혼자 늦게까지 자고 있었지요. 뭔 소리에 눈을 떠 보니까 그놈이 축하주를 준담서 소주병을 들고 방에 들어오더라고요."

부 웅옥 란은 숨을 쉬는 것도 잊은 채 강 소장의 목소리에 귀를 기울이다 가슴속의 뜨거운 공기덩어리를 힘겹게 내뱉었다. 그 후에 어떤 일이 벌어졌을지 듣지 않아도 안다는 얼굴이었다.

"끝나고 나감서 그러더라고요. 내가 타지로 유학가면 영영 기회가 없을까비 걱정했다고. 인자 됐다고."

부 웅옥 란이 손을 뻗어 핸들 위 강 소장의 손을 잡았다. 강 소장은 손을 뿌리치지 않고, 한쪽 입술로 웃었다.

"그때만 히도 피해자가 쉬쉬허는 경우가 많았죠이. 나도 나만 가만있으면 부모님 얼굴에 먹칠헐 일도 안 생긴다 생각했고. 뭘 모르기도 했고 어린 마음에 그렇게 넘겼어요. 근디 그 마을에 다시는 발을 들이기가 힘들더라고요. 근처에만 가도 오한이 들고 구역질이 나고. 명절에도 몇 번을 내려왔다가 그냥 돌아갔는지 모른당게요."

강 소장은 거기까지만 말하고 입을 다물었다. 그 사이 차는 거여 마을 진입로에 접어들었다. 부 웅옥 란은 하고 싶은 말과 할 수 있는 말과 해도 되는 말 사이에서 신중하게 단어를 고르는 듯 몇 번을 입술만 달싹거리고 선뜻 뭐라고 얘기를 하지 못했다. 그러다 마침내 뭔가 얘기하려고 입을 떼는데 강 소장의 다급한 목소리가 먼저 튀어나왔다.

"저거 뭐여?"

미간을 찌푸리며 앞쪽을 살피니 김봉석이 분쇄기에 파닥거리는 닭을 마구 던져넣고 있었다. 강 소장은 속력을 줄이지 않고 그대로 분쇄기 바로 앞까지 달려가서야 급정거를 하고, 시동을 끌 새도 없이 서둘러 차에서 내렸다.

"사장님, 시방 뭐 하신데요?"

김봉석은 당황해서 말을 더듬었다.

"아, 그, 자, 작업을 재개해야죠."

강 소장은 주변을 한 바퀴 둘러보았다. 분쇄기의 모터 소리만 요란했다.

"혼자요?"

"이, 인부들도 불렀는데 아직 안 왔네요. 곧 오겠죠."

"잠깐 얘기 좀 허게 이것 좀 꺼 봐요."

강 소장이 분쇄기를 가리켰다. 하지만 김봉석은 못 알아들은 듯 전원을 끄지 않고 바지 주머니에 손을 넣었다. 할 수 없이 강 소장이 전원 스위치를 찾아 분쇄기 옆을 빙

돌아 걸음을 옮겼다.

"동작 그만!"

부 웅옥 란의 외침에 강 소장은 깜짝 놀라 자기도 모르게 멈춰 섰다. 돌아보니 부 웅옥 란이 김봉석의 손목을 붙들고 있었다. 김봉석은 손을 빼내려고 이리저리 안간힘을 썼지만, 부 웅옥 란의 악력이 만만치 않았다.

"소장님, 빨리요! 분쇄기에 뭔가 버리려고 했어요. 손에 쥔 거 뺏어요!"

강 소장은 빨간 단추를 눌러 분쇄기 전원을 얼른 끄고, 달려가서 김봉석의 손을 잡았다. 엄지를 펴서 '따봉' 모양을 만드니 손안에 쥐고 있던 물건이 모습을 드러냈다. 강소장은 부 웅옥 란의 손에서 아몬드를 빼낼 때처럼 둥글게 말린 검지 안으로 손가락을 넣는 대신, 김봉석의 엄지를 뒤로 더 꺾었다. 이내 우드득 하고 분쇄기 안쪽에서 들리던 것과 비슷한 소리가 났다.

"으아악!"

김봉석이 비명을 지르며 손에 쥐고 있던 USB를 떨어뜨렸다. 최 검역관이 수집해서 정리해 둔 김봉석의 범죄 행적들이 담긴 치명적인 증거. 파일을 열어 볼 필요도 없이 김봉석의 행동이 그 모든 것을 분명히 말해 주고 있었다. 막걸리에 만취한 탓인지 밤사이에 버릴 생각도 못 하고 계속 지니고 있었던 모양이었다. 형사들이 다녀가고 나서야 처리 방법을 고민하기 시작했으나, 적당한 때를 찾지 못하다가 박 순경이 자전거를 빌려 타고 양계장을 떠나자 닭들과 함께 분쇄기에 넣고 갈아 버리려 했던 것이었다.

강 소장은 엄지를 쥐고 끙끙 앓는 소리를 하는 김봉석에게 수갑을 채우고 경찰차 뒷좌석에 밀어 넣었다. 그리고 운전석에 타려는데 부 응옥 란이 라린과 나란히 서 있는 모습이 보였다. 강 소장은 차 문을 닫고 그들에게 다가갔다.

"이번 사건은 피해자 최경욱 검역관허고 용의자 김봉석 사장 둘 사이에 벌어진 겁니다. 그 외엔 다른 누구도 관련이 없어요."

강 소장이 확인해 주자 부 응옥 란과 라린이 가볍게 고개를 숙여 인사했다.

"아." 돌아서려던 강 소장이 다시 부 응옥 란과 눈을 맞췄다. "아까 차에서 둘이 나눴던 옛날얘기들은⋯."

"무슨 얘기였죠? 대학 합격해서 동네방네 자랑했다는 것만 기억나는데."

부 응옥 란이 웃으며 강 소장의 말을 가로막았다. 강 소장도 웃음이 났다. 그러다 문득 아까 부 응옥 란이 할까 말까 망설이던 말이 뭐였는지 떠올랐다.

"글고 범인이 뒈져서 공소권도 없고, 어차피 공소시효
도 지났다고 했는디, 살인은 공소시효가 없습니다이. 비
오던 날에 뭔 일이 있었는가는 전혀 궁금하지도 않다 이
말여요."

부 응옥 란은 강 소장의 말을 한 글자씩 머릿속으로 씹
어먹는 것처럼 가만히 있다가 고개를 살짝 끄덕였다. 말
없이 부 응옥 란과 눈을 맞추고 있던 강 소장도 라린을 흘
긋하고는 함께 고개를 끄덕였다. 부 응옥 란이 손바닥을
내밀었지만, 강 소장은 못 본 척 돌아섰다. 하이 파이브는
오버지.

"소장님, 가끔 놀러 와요. 집수리하는 것도 도와줄게."

부 응옥 란의 인사도 못 들은 척하며 차에 오른 강 소장
은 진입로를 달리며 리어뷰미러를 계속 흘끔거렸다. 차가
계속 달리는데도 거울에 비친 마을의 모습은 멀어지지 않
고 그대로였다. 이제는 슬슬 저 집을 고칠 때도 됐나. 강
소장은 전방을 주시하며 가속 페달을 밟았다.

작가의 한마디

"글쎄. 그땐 그냥 그런 시절이었어."

최근 다른 이슈로 재소환된 어떤 인사의 과거 발언이에요. 그가 얘기한 '그때'는 말하자면 이 글에서 강 소장의 과거 시점을 가리키겠죠. 하지만 그건 부 응옥 란에겐 최근의 일이고, 라린에겐 현재예요. 적어도 아직은 웃어넘기면 안 돼요. 이건 노동 문제에도 그대로 적용할 수 있어요. 우린 여전히 '그런 시절'을 살고 있어요. 언젠가 우리를 손가락질하며 '저런 시절'도 있었다고 비웃는 시대가 오겠죠? 꼭 그러리라 믿어요.

어느 노동자의 모험

1판 1쇄 인쇄 2024년 1월 26일
1판 1쇄 발행 2024년 2월 5일

지은이 배명은, 은림, 이서영, 구슬, 전효원
기획 구픽

발행인 김지아
표지 및 본문 디자인 강수정

펴낸 곳 구픽
출판등록 2015년 7월 1일 제2015-27호
주소 서울시 광진구 동일로 459, 1102호
전화 02-491-0121
팩스 02-6919-1351
이메일 guzma@naver.com
홈페이지 www.gufic.co.kr

© 배명은, 은림, 이서영, 구슬, 전효원, 2023

ISBN 979-11-93367-02-5 03810